KB268155

도

무정

情刀

임영기 新무협 판타지 소설

FANTASTIC ORIENTAL HEROES

무정도 4

임영기 新무협 판타지 소설

초판 1쇄 찍은 날 § 2013년 10월 23일
초판 1쇄 펴낸 날 § 2013년 10월 30일

지은이 § 임영기
펴낸이 § 서경석

편집부장 § 권태완
편집책임 § 박가연

펴낸곳 § 도서출판 청어람
등록번호 § 제1081-1-89호
등록일자 § 1999. 5. 31
어람번호 § 제2-2413호

주소 § 경기도 부천시 원미구 심곡2동 163-2 서경B/D 3F (우) 420-822
전화 § 032-656-4452팩스 § 032-656-4453
http://www.chungeoram.com
E-mail § chungeorambook@daum.net

ISBN 978-89-251-3527-4 04810
ISBN 978-89-251-3463-5 (세트)

무정도

무情刀

임영기 新무협 판타지 소설

4

천지무쌍쾌(天地無雙快)

FANTASTIC ORIENTAL HEROES

무정도
武情刀

目次

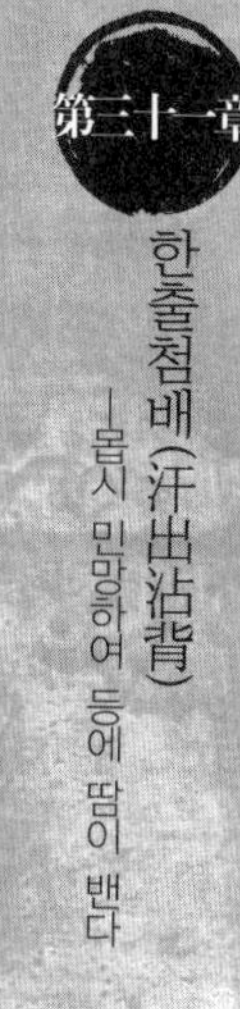

第三十一章

한출첨배 (汗出沾背)

―몹시 민망하여 등에 땀이 밴다

쾌도비는 전혀 움직일 수가 없어서 주소옥이 말한 별천지라는 곳을 아직 둘러보지 못했다.

"우리가 떨어진 곳이 저기야."

주소옥이 가리킨 곳은 쾌도비가 누워 있는 곳에서 오 장쯤 떨어진 맞은편이다.

수직으로 깎아지를 듯이 벽처럼 서 있는 암벽이며, 지상에서 일 장 정도의 높이에 하나의 둥글고 커다란 구멍이 뻥 뚫려 있었다.

쾌도비가 있는 곳에서 봐도 그 구멍은 위를 향해서 비스듬히 뻗은 모습이다.

도대체 어떻게 해서 암벽에 저런 구멍이 뚫려 있는지 모를 일이지만, 이런 깊은 산중에 사람이 일부러 구멍을 뚫었을 리가 없다. 그러므로 자연적으로 생긴 구멍, 아니, 동혈(洞穴)이 분명했다.

그 아래는 풀인지 이끼인지 연초록의 식물이 융단처럼 두툼하게 깔려 있었다.

아니, 그 아래뿐만 아니라 쾌도비의 눈에 비친 모든 바닥이 그런 상태였다.

저런 푹신한 곳에 떨어졌으니까 충격이 덜했지 만약 단단한 바닥이었으면 쾌도비나 주소옥 둘 다 큰 부상을 면하지 못했을 것이다.

"아직 다 둘러보지 못했어. 쾌도비 몸이 나으면 같이 둘러볼 거야."

주소옥은 쾌도비 옆에 책상다리를 하고 앉아서 납작하고 평평한 돌에 채취한 약초를 얹고 둥근 돌로 콩콩 내려쳐서 으깨며 설명했다.

"그 약초들은……."

"이곳에 지천으로 널려 있어. 서책으로만 봤던 희귀한 약초들도 무진장이야. 한마디로 여긴 약초의 보고야. 이곳의 약초로 치료하면 쾌도비를 치료하는 것은 문제없어."

쾌도비의 물음에 그녀는 약초를 으깨는 손을 멈추지 않고 신이 나서 설명했다.

무사에겐 새로운 무공이나 무기가, 학자에겐 새로 접하는 학문이나 희귀한 서책이, 그리고 의원에겐 말로만 듣던 약재와 신기한 의술 따위가 가슴을 설레게 하는 것이다. 지금의 주소옥이 그런 상황이다.

더벅머리를 머리 뒤로 모아서 질끈 묶은 그녀는 새하얀 얼굴과 사슴처럼 긴 목에 송알송알 땀방울이 흐르도록 열심히 약초를 으깨었다.

쾌도비는 꼼짝도 하지 못하는 상태다. 두 팔을 움직이는 것만으로도 가슴이 빠개지는 듯이 고통스러워서 그저 모든 것을 주소옥이 하는 대로 맡기고 가만히 누워 있어야만 하는 상황이다.

엉망진창으로 중상을 입은 데다 무리하게 주소옥을 업고 수십 리나 멀리 걸었으며, 이곳으로 빠질 때 바닥에 떨어지면서 부러졌던 갈비뼈들이 마구 어긋나는 바람에 산송장이나 다름없이 돼버렸다.

그가 누워 있는 곳은 풀인지 이끼인지 모를 식물로 덮여 있는 바닥에서 한 자 정도의 높이이며, 평평한 검은 돌바닥이고, 암벽 안쪽으로 일 장 정도 움푹 파여서 짧은 동굴처럼 되어 있으며, 위쪽에는 넓적한 바위가 마치 처마처럼 돌출되어 있어서 매우 아늑했다.

두 사람이 최초에 떨어졌던 곳에서 쾌도비가 누워 있는 곳까지는 오 장 정도의 거리인데, 가냘픈 주소옥이 자기보다 두 배 가까이 크고 무거운 체구의 그를 여기까지 옮겼다는 사실이 믿어지지 않았다. 그를 옮기느라 그녀가 얼마나 고생했을지 짐작이 갔다.

주소옥의 말로는 두 사람이 이곳에 떨어진 지 이틀이 지났다고 했다.

쾌도비는 반 시진쯤 전에 깨어났으니까 그렇다면 이틀이나 혼절해 있었다는 얘기다.

주소옥 혼자 쾌도비를 이곳으로 옮기고 또 무서움을 많이 타는 그녀가 이틀씩이나 지내면서 그를 치료했을 것이라는 생각을 하자 대견스러우면서도 안쓰러웠다. 예전의 그녀라면 상상조차 하지 못할 일이다.

"뭘 좀 먹었소?"

"아니."

"저 봇짐 안에……."

"나중에 쾌도비가 움직이게 되면 같이 먹을 거야."

쾌도비가 한쪽에 놓여 있는 봇짐 안에 농상현에서 산 건량과 건육 등 먹을 것이 있다고 말하려니까 그녀는 약초 으깨는 일을 멈추지 않으며 말했다.

쾌도비는 배고픔을 참지 못하는 그녀가 자신을 이처럼 위해준다는 사실에 물끄러미 그녀를 바라보았다. 하지만 그녀는 그가 쳐다보는 것이 신경 쓰이는지 그를 힐끗 보면서 쏘듯이 말했다.

"왜 보는 거야?"

쾌도비는 그냥 빙그레 엷은 미소만 지었다.

그랬더니 그녀는 뭔가 찔리는 듯한 표정을 짓더니 될 대로 되라는 식으로 말했다.

"그래. 사실은 배고픈 데도 참고 있는 거야."

"왜 참는 거요?"

"먹으면 용변을 봐야 되잖아. 냄새나니까 이 근처에 용변을 볼 수는 없고 멀리 가서 봐야 하는데 혼자 가는 건 무서워. 그러니까 네가 움직이게 되면 같이 먹을 거야. 이제 됐어? 속이 후련해?"

쾌도비는 그저 빙그레 미소만 지었다.

"흥! 웃기는?"

그녀는 쌀쌀맞게 말하고는 약초 으깨는 것을 그만두고 쾌도비의 옆머리에 붙여놓은 으깬 약초를 떼어내더니 그곳에 방금 으깬 약초를 다시 잘 붙여놓았다.

옆머리에 약초를 붙이면 일각 정도는 상처 부위가 찢어지는 것처럼 아팠다.

하지만 일각 후에는 조금씩 시원해지기 시작했다. 그녀가 약초에 대해서 이렇게 잘 알고 있다는 사실은 지금 처음 알게 되었으나 매우 다행한 일이다.

그녀가 아니었으면 그는 지금쯤 어떻게 되었을지 상상조차 하기가 어렵다.

주소옥은 이번에는 다른 색과 모양의 약초를 으깨기 시작하더니 이각쯤 지난 후에 쾌도비의 가슴에 넓게 붙여놓은 약초를 떼어내고 새로 으깬 약초로 갈아 붙였다.

그리고는 그의 옆머리와 가슴에 천을 감았다. 그녀가 월경포로 사용하고 남은 깨끗한 천이 봇짐에 들어 있어서 붕대로 사용하기 제격이었다.

머리에 천을 감는 것은 그래도 수월한 편이지만, 가슴에 감는 것은 한바탕 전쟁을 치렀다.

그의 상체를 들어 올려서 등까지 감아야 하는데 꼼짝도 하지 못하는 그의 상체를 그녀가 달라붙어서 버둥거려야 하기 때문이다.

쾌도비는 몸을 조금만 움직여도 몹시 고통스러웠으나 그녀가 진땀을 흘리면서 애쓰는 것을 보면서 신음을 참았다.

"하아악! 하아아……. 애고 힘들어……."

그녀는 천을 다 감고 나서 쾌도비의 상체에 엎드려 가쁜 숨을 몰아쉬며 할딱거렸다.

그녀의 심장이 빠르고도 격렬하게 고동치는 것이 맞닿은 쾌도비의 가슴으로 전해졌다.

쾌도비는 가슴에 나뭇잎 하나만 올려놔도 견디기 어려울 만큼 고통스러운 상황이지만 그녀가 엎드려 있는 것은 눈살도 찌푸리지 않고 견뎠다.

하지만 그녀는 너무 힘든 나머지 그런 것을 전혀 모르고 있는 듯했다.

"참! 이거 어떻게 하지?"

그녀는 한숨 돌리고 나서 상체를 일으키며 쾌도비의 왼쪽 등허리 쪽을 가리켰다.

그녀는 쾌도비를 이곳에 끌고 온 이후에 그의 몸을 살피다가 왼쪽 등허리에 부러진 화살이 꽂혀 있는 것을 발견했었던 것이다.

하지만 화살이 아직 깊숙이 꽂혀 있어서 치료도 하지 못한 채 발만 동동 구르고 있었다.

"그걸 치료할 수 있겠소?"

"화살을 뽑아야 치료를 하지. 그런데 화살에는 미늘이 있어서 꽂힌 부위 양옆을 절제해서 뽑아야 하는데… 아! 뭘 하려는 거야?"

그녀는 말하다가 쾌도비가 힘겹게 몸을 옆으로 틀면서 왼손을 자신의 등허리로 가져가자 화들짝 놀랐다.

쾌도비는 화살의 부러뜨린 부분을 손가락으로 움켜잡더니 힘을 주었다.

"미쳤어? 안 돼!"

주소옥은 쾌도비가 무얼 하려는지 깨닫고 소스라치게 놀라 부르짖었다.

그리고 그가 눈을 부릅뜨고 어금니를 힘껏 악물고 있는 것을 발견하고는 그의 행동을 멈추려고 했다.

푸악!

그 순간 쾌도비의 등허리에서 피가 푹 솟구쳤다. 그리고 그의 손에는 피범벅인 화살이 새파란 빛을 발하고 있었다.

그는 화살촉을 놓고 엉망진창이 돼버린 상처 부위 몇 군데 혈도를 눌러서 지혈을 했다.

그러나 무리하게 힘을 주는 바람에 기진맥진해 버렸으며, 또 극심한 고통 때문에 손이 덜덜 떨려서 제대로 지혈을 하지 못했다.

게다가 그는 혈도에 대해서 자세히 알지 못하기 때문에 여태껏 지혈을 대충 했었다.

"피가 계속 많이 나와!"

주소옥은 상처에서 피가 샘물처럼 콸콸 솟구치자 소스라치게 놀라 소리쳤다.

그러나 그녀는 쾌도비를 쳐다보다가 그가 이미 혼절했다

는 사실을 깨닫고 눈을 동그랗게 떴다.

그녀는 계속 피가 쏟아지는 상처를 눈에 힘을 주어 쏘아보며 잘근잘근 입술을 깨물었다.

"내가 이걸 지혈하고 또 치료하지 못하면 쾌도비는 과다출혈로 죽고 말 거야."

쾌도비는 한밤중에 깨어났다.

그는 똑바로 눕혀져 있었으며 눈앞이 캄캄했다. 이곳에도 밤이 찾아온 것이다.

누운 채 좌우를 둘러보니까 주소옥은 그에게서 두어 뼘쯤 떨어진 오른쪽에서 그를 향해 옆으로 누워 팔베개를 하고 몸을 웅크린 채 곤히 잠들어 있었다.

추위에 약한 그녀를 위해서 사온 곰 가죽이 보이지 않아서 찾아보니까 쾌도비 몸 아래에 깔려 있다.

자신이 추위를 견디지 못한다는 것을 알면서도 곰 가죽을 쾌도비에게 양보한 것이다.

그건 그렇고 곰 가죽을 깔아주기 위해서 그의 커다란 몸을 붙잡고 또 얼마나 비지땀을 흘렸을 것인지 상상하니까 미안하기도 하고 고맙기도 했다.

그가 그녀를 보호하고 보살펴야 하는데 상황이 반대로 돼버려서 그게 또 무척 미안했다.

그런데도 그녀는 거기에 대해서는 불평 한마디 하지 않고 씩씩하게 잘해 나갔다.

다행히 이곳은 지상에서 꽤 깊은 지역이라서인지 지상보다는 훨씬 춥지 않았다.

그래도 밤인 데다 돌바닥에서 누비옷만 입고 자는 주소옥으로서는 당연히 추울 것이다.

깊은 잠이 들었는데도 가녀린 몸을 오들오들 떨고 있는 것만 봐도 알 수 있다.

쾌도비는 몸을 움직이기 위해서 잠시 눈을 감고 호흡을 가다듬었다.

이어서 자기가 깔고 있는 곰 가죽을 빼려고 몸을 움직이려다 왼쪽 등허리가 뜨끔한 것을 느끼고 힘겹게 손을 뻗어서 만져봤더니 천이 감겨져 있었다.

그는 등허리의 화살을 뽑은 직후 너무 고통스러워서 혼절했었는데 주소옥은 혼자 등허리의 상처를 치료하고 천까지 감았던 것이다.

그때 그는 또 다른 느낌을 받았다. 이리저리 몸을 뒤채고 손으로 만져서 확인한 결과 그가 혈혼살수와 여러 방파, 문파의 고수들과 싸우면서 입었던 여러 상처, 즉 등과 오른쪽 옆구리, 그리고 왼쪽 허벅지의 상처들까지 말끔하게 치료가 되어 천이 감겨져 있는 것을 알 수 있었다.

그것들을 다 확인하는 것만으로도 그는 몹시 힘들고 여기 저기 아프지 않은 곳이 없어서 잠시 움직이지 않고 가만히 있었다.

그러는 동안 그의 가슴 한가운데로 무언가 따뜻한 온천수 같은 것이 흐르며 온몸을 따뜻하게 덥혀주는 듯한 느낌이 들었다.

'좋다……'

이런 느낌은 생전 처음이다. 세상에서는 이런 느낌을 감동이라고 말한다.

그렇지만 이런 느낌을 한 번도 느껴본 적도, 받아본 적도 없는 쾌도비로서는 생소하기만 했다.

누나가 그에게 준 것은 사랑이었다. 그것은 또한 의무이기도 했으며 끝없는 헌신이었다.

자신을 희생하면서까지 헌신하는 것은 오로지 핏줄만이 가능한 일이다.

그렇지만 주소옥은 타인이다. 타인이 그에게 이런 감동을 주었던 적은 한 번도 없었다.

물론 그가 주소옥에게 베푼 은혜는 훨씬 더 크다. 그러나 그것은 크다 작다는 논리로만 계산할 수는 없다.

은자 만 냥을 갖고 있는 사람이 누군가에게 팔천 냥을 주는 것과, 은자 열 냥을 갖고 있는 사람이 열 냥을 모두 주는 것은 차원이 전혀 다르다는 것이다.

쾌도비는 은자 만 냥의 능력 중에 팔천 냥을 그녀를 위해서 사용했는데, 별반 능력이라고는 없는 그녀는 갖고 있는 은자 열 냥을 전부 그에게 쓰고 있는 것이다.

그러다가 문득 왼쪽 허벅지 뒤쪽이 화끈거리는 것을 느꼈다. 그곳은 큰 상처가 아니지만 살이 연하고 은밀한 부위여서 다른 모든 상처보다 더 아팠다.

그동안 제일 고통스러웠던 가슴과 머리의 상처가 주소옥의 정성 어린 치료 덕분에 고통이 많이 감소하니까 잊고 있었던 허벅지의 상처가 다시 고개를 쳐든 것이다.

그런데 문제는 그게 아니다. 주소옥이 다른 모든 상처를 치료하면서 그곳까지 치료를 했다는 것이 쾌도비의 신경을 자극했다.

그곳은 왼쪽 궁둥이와 허벅지의 경계 부위로써 매우 은밀한 곳이며 가로로 베인 상처다.

그곳을 치료하려면 엎드린 자세를 취해야 하고 또 다리를 최대한 벌렸을 것이다.

그런 자세를 취하면 쾌도비의 은밀한 부위가 적나라하게 드러났을 것이 분명하다.

주소옥도 눈이 있는 이상 치료를 하면서 그곳을 보지 않았을 리가 없다.

그런 생각을 하니까 쾌도비는 기분이 좀 그랬다. 자신은 주소옥의 온몸을 구석구석 다 보고 만졌으면서도 그녀가 자신의 몸을 그랬다니까 영 께름칙했다.

나는 괜찮아도 다른 사람은 괜찮지 않다고 생각하는 것이 사람의 얄팍한 심리다.

혹시나 싶어서 다시 한 번 확인을 해보니까 역시 그의 하체가 벌거벗겨져 있었다.

치료를 하려면 어쩔 수 없었을 것이라고 생각하면서도 기분이 좀 그랬다.

그는 한참 동안 호흡을 고른 후에 곰 가죽을 빼려고 몸을 뒤척였지만 쉽지 않았다. 그리고 그가 뒤척이는 바람에 주소옥이 깨고 말았다.

"음… 뭐 하는 거야?"

쾌도비는 아무 말도 하지 않았으나 그녀는 그가 취한 자세를 발견하고는 무엇을 하려는 것인지 알아차렸다.

"너는 등 쪽에도 상처가 있어서 차가운 돌바닥에 맨살을 대는 것은 해로워. 그대로 있어."

"하지만……."

"나 춥지 않아."

애써 방그레 웃으면서 말하는 그녀는 턱을 덜덜 떨었으며 이가 딱딱 부딪쳤다.

"그럼 이렇게 해보자. 몸이 아프지 않다면 예전처럼 날 안고 자는 거야."

쾌도비는 그녀를 향해 누웠고, 그녀는 작은 새처럼 몸을 옹송그리며 그의 품으로 조심스럽게 파고들었다.

그녀가 품에 안기면 아파도 참아야겠다고 생각한 것은 착각이었다.

그녀는 상처에 감은 천보다도 더 부드럽고 포근해서 오히려 쾌도비가 더 편했다.

주소옥은 하루에 두 차례 쾌도비의 상처에 약초를 새로 갈고 새 천을 감아주었다.

주소옥에게는 매우 힘든 일이고 쾌도비에겐 고통스러운 일이었으나 무엇보다도 희비가 엇갈리는 치료는 왼쪽 허벅지 뒤 부위를 치료하는 것이다.

쾌도비가 그런 상황이라서 그렇게 느낀 것인지는 모르지만 그녀는 그곳을 치료할 때 가장 신 나고 재미있어 하는 것 같았다.

그는 그녀의 몸을 따뜻하게 해주려고 그녀의 온몸을 쓰다듬고 주무를 때 더도 덜도 아닌 꼭 이런 자세를 취하게 하여 둔부와 허벅지를 만지면서 은밀한 부위를 자세히 본 적이 있었다.

아마 천하에서 주소옥의 은밀한 부위를 비롯하여 온몸을 유일하게, 그리고 가장 많이 보고 또 만지고 자세히 기억하고 있는 것은 쾌도비가 유일한 사람일 것이다.

그림은 잘 못 그리지만 그녀의 나신을 그리라고 하면 제대로 그려낼 수 있을 정도다.

그녀의 몸을 만지면서도 쳐다보지 않으려고 애를 써도 저절로 눈이 가는 것을 어쩌지 못했었다.

그런 상황에서 주소옥 같은 절색미녀의, 더구나 완벽한 몸매의 소유자의 그곳을 보지 않는 자가 있다면 그는 절대로 남자가 아닐 것이다.

그런데 반대 상황이 되어 이제는 쾌도비가 그런 자세를 취하고 적나라하게 자신의 치부를 그녀에게 보여주는 상황이 되고 말았다.

더구나 다른 상처에 비해서 허벅지의 상처는 왜 그렇게 오래 치료를 하는 것인지 모를 일이다. 돌아볼 수도 없으니 그녀가 무엇을 하고 있는지 쾌도비는 엎드린 채 이상한 상상으로 머리가 터질 지경이다.

"다리를 꼭 그렇게 많이 벌려야 하오?"

쾌도비는 그런 불만을 토로하지 말았어야만 했다. 보복은 이상하게 되돌아왔다.

찰싹!

"치료하려면 어쩔 수 없잖아!"

주소옥은 섬섬옥수로 그의 탱탱한 궁둥이를 소리 나게 때렸다. 그때는 그저 그것으로 끝난 줄만 알았었다.

치료가 끝난 후에 그녀는 약초를 구하겠다면서 일어섰다.

이곳은 매우 깊은 계곡, 아니, 절곡(絶谷)이며 쾌도비가 누워 있는 곳은 절곡 내에서도 한쪽 끝 쪽이었다.

그가 있는 곳에서 보면, 절곡은 오른쪽이 막다른 곳이고 왼쪽으로 십여 장쯤 가다가 오른쪽으로 급격하게 구부러져 있는 지형이다.

주소옥은 주로 절곡의 이쪽, 즉 쾌도비가 보이는 곳에서만 이리저리 다니면서 약초를 채취했다.

쾌도비의 시야에서 벗어나지 않으려는 것이다. 그러면 큰일이라도 나는 줄 아는 모양이다.

쾌도비가 누워 있는 주위에는 폭 오 장여의 절곡과 양쪽의 까마득하게 높은 암벽, 그리고 바닥에 양탄자처럼 뒤덮인 풀인지 이끼인지 모를 식물이 전부였다.

주소옥은 절벽 아래나 바닥의 식물 사이에서 약초를 채취하는데, 그녀 말대로 약초가 흔한지 한 시진이면 여러 종류의 약초를 상의에 수북하게 담아서 돌아왔다.

오늘로써 이곳 절곡에 떨어진 지 벌써 나흘째다. 처음 이틀

동안은 혼절해 있었으므로 쾌도비는 자신의 몸 상태가 어떤
지 살펴보지 못했었지만, 깨어나서 이틀이 지난 지금은 이틀
전보다 조금 나아진 것 같아서 몸을 조금씩 움직일 수도 있게
되었다.

그는 상체를 조금 끌어 올려서 뒤쪽 벽에 뒷머리를 대고 약
간 비스듬히 누워서 주소옥이 절곡의 구부러진 곳으로 걸어
가는 모습을 지켜보았다.

그런데 왠지 그녀가 걸어가는 뒷모습이 위태로워 보였다.
쾌도비는 곧 그 이유를 깨달았다.

그녀는 이곳에 떨어진 이후 아무것도 먹지 않았으니까 힘
이 없는 것이 당연했다.

먹지 않는 이유가 순전히 혼자 용변을 보는 것이 무섭기 때
문이라니 우습기도 하고 한편으로는 불쌍하기도 했다. 귀하
디귀한 공주의 신분인 그녀가 이런 고생을 한다는 생각을 하
면 많이 안타까웠다.

지금 주소옥이 약초를 채취하고 있는 곳 오른쪽 절벽의 아
래에는 샘물이 솟아나고, 그곳에서 두어 뼘 폭의 작은 물줄기
가 흘러나와 절곡의 한복판을 흐르고 있었다.

그녀는 그곳에서 물을 많이 마셔 허기를 채우고 때로는 물
줄기에서 세수를 하기도 했다.

　"……!"

그녀를 지켜보고 있던 쾌도비는 문득 중요한 부위가 화끈거리는 것을 느꼈다.

처음에는 착각이거나 잠시 그러다가 말 것이라고 여겼으나 시간이 지날수록 더욱 화끈거렸다.

남자에게 중요 부위라는 것은 다 알다시피 음경이다. 그런데 지금 화끈거리는 곳은 음낭과 음경 두 군데다.

음경과 음낭을 펄펄 끓는 물에 담근 것처럼 뜨겁고 화끈거려서 참을성 많은 그조차도 진땀이 나고 악다문 이빨 사이로 신음이 새어 나올 정도다.

'이게 도대체……'

그는 뭔가 잘못된 것이라는 생각이 들었다. 추격대와 싸우는 중에 자신도 모르는 사이에 음낭과 음경을 다쳤다가 이제야 발병을 하는 것일 수도 있다.

"으으……."

그곳이 너무도 화끈거려서 그는 가만히 있을 수가 없어 궁둥이를 들썩거렸다.

"공주!"

결국 그는 더 이상 참지 못하고 주소옥을 불렀다. 그녀라면 어떻게 해결할 수 있을 것이라고 믿었다. 그녀가 치료를 한답시고 그의 음경과 음낭을 조물락거릴 것이라는 염려를 하는 것은 이 순간에는 사치다.

그런데 주소옥은 쪼그리고 앉은 채 약초를 채집하다가 그를 돌아보면서 그냥 배시시 미소만 지었다.

순간 쾌도비는 그녀의 미소를 보고 확연하게 깨달았다. 그의 음경과 음낭이 불에 덴 듯이 화끈거리는 것은 그녀의 솜씨였다는 사실을 말이다.

아까 그를 엎드려 놓고 허벅지를 치료할 때 그가 다리를 그렇게 많이 벌려야 하느냐고 투정을 부린 적이 있었다.

이것은 그것에 대한 말없는 그리고 가혹한 응징이며 복수에 다름 아니다.

그렇지만 복수치고는 너무 지독하다. 도대체 음경과 음낭에 무슨 약초를 묻혔기에 이다지도 고통스럽다는 말인가.

이를 부득부득 갈고 비지땀을 흘리면서 견디던 쾌도비는 결국 처절하게 울부짖고 말았다.

“공주! 내가 무조건 잘못했소! 다시는 안 그럴 테니 이 고통을 없애주시오!”

주소옥은 그럴 줄 알았다는 표정을 짓고는 전혀 서두르지 않고 사뿐사뿐 걸어왔다.

“다리 벌려.”

그녀는 아까보다 더욱 넓게 다리를 벌리게 했으나 쾌도비는 찍소리도 하지 않고 고분고분 말을 들었다.

그리고 그녀는 이런 상황을 예견하고 있었던 듯 물을 흠뻑

묻혀온 천으로 쾌도비의 음경과 음낭을 부드럽게, 아주 부드
럽게 닦기 시작했다.

  잠시 후 고통이 사라지기 시작할 때 주소옥이 갑자기 차갑
게 소리쳤다.

  "이 괴물 같은 녀석이 또!"

  딱!

  "흐앗!"

  쾌도비는 음경이 떨어져 나갈 듯한 아픔에 몸서리를 쳤다.

  주소옥이 단단하게 커진 음경을 손가락으로 힘껏 퉁겨 버
린 것이다.

  쾌도비는 절곡이 으스름해지기 시작하는 것을 확인하고는
어렵사리 몸을 일으켜 앉았다.

  이곳은 암벽의 아래쪽보다는 위쪽의 폭이 좁았으며 암벽
은 얼마나 높은지 꼭대기가 올려다보이지도 않았다.

  쾌도비와 주소옥이 산속을 걷다가 구멍에 빠져서 이곳으
로 추락한 길이는 고작 이십여 장 남짓이었을 텐데 암벽이 저
렇게 높다는 것은 암벽이 지상 위로도 까마득하게 솟아 있을
것이라는 뜻이다.

  이곳은 햇빛이 제대로 비추지 않아서 환한 대낮이라고 해
도 그다지 밝지 않지만 지금이 해가 지기 전이라는 것은 알

수 있다.

쾌도비는 옆에서 약초를 으깨고 있는 주소옥에게 손을 내밀었다.

"봇짐을 이리 주시오."

"뭐하게?"

"뭘 좀 먹어야겠소."

그 말에 주소옥은 반색을 하면서도 조금 불안한 표정을 지었다.

"걸을 수 있겠어?"

먹고 나서 그녀가 용변이 마려우면 함께 가줄 수 있느냐고 묻는 것이다.

"그렇소."

그래도 그녀는 믿지 못하는 눈치다.

"나 때문에 그러는 거야?"

사실은 그렇다.

"아니오. 내 상처가 빨리 낫게 하려면 뭐라도 먹는 게 좋지 않겠소?"

"그야 그렇지."

"그래서 먹으려는 것이오."

그녀는 그제야 의심이 사라진 듯 봇짐을 그에게 건네주었다.

"이게 다야?"

음식을 먹는다기에 뭔가 근사한 것을 상상하고 있었던 주소옥 앞에 놓인 것은 건육과 건량, 즉 쇠고기를 말린 것과 곡식을 빻은 가루가 전부였다.

쾌도비는 말없이 길쭉한 건육 한 조각을 그녀에게 내밀었다.

주소옥은 건육을 받아 이리저리 살피다가 쾌도비가 먹는 것을 보고 자신도 입에 넣고 씹었다.

"기별도 안 가. 예전처럼 푸짐한 것을 먹고 싶어."

건육 하나를 먹고 난 그녀는 입맛을 다시며 종알거렸다. 물고기를 많이 잡아서 구워 먹든가 아니면 토끼 따위 산짐승을 구워 먹고 싶다는 뜻이다.

그녀는 건육을 세 개나 먹고 나서 이번에는 물에 빠져도 젖지 않도록 기름종이에 싼 건량을 가리켰다.

"이건 어떻게 먹어?"

승…….

"칼이 필요해?"

"음……."

무리한 동작으로 창룡도를 뽑은 쾌도비는 가슴이 끊어지는 듯이 아파서 잠시 가만히 있다가 칼집, 즉 도실을 그녀에게 내밀었다.

"여기에 물을 떠 오시오."

쾌도비가 몹시 아픈데도 자기 때문에 음식을 먹는 것이라는 사실을 아는 주소옥은 걱정스러운 표정으로 그를 보다가 도실을 안고 샘물로 갔다.

잠시 후에 그녀는 땀을 뻘뻘 흘리면서 물이 가득 담긴 도실을 안고 왔다.

"아유… 칼집이 이렇게 무거우면 도대체 칼은 얼마나 무거운 거야?"

쾌도비는 빙그레 미소를 지으며 도실을 받아 한 손으로 세우고 건량을 가리켰다.

"그걸 한 주먹 먹고 나서 물을 마시도록 하시오."

주소옥은 건량을 한 주먹 입안에 털어 넣고 나서 도실의 물을 마시다가 마른 곡식 가루가 목에 걸려서 갑자기 심한 기침을 해댔다.

"컥! 콜록!"

그 바람에 건량 가루와 물이 쾌도비 얼굴에 쏟아져 지저분하게 변했다.

"미안해. 그런데 꼴이 너무 웃겨… 아하하하하!"

그녀는 울상을 짓고 있는 쾌도비를 가리키며 웃다가 아예 누워서 발을 동동 구르며 본격적으로 웃어댔다.

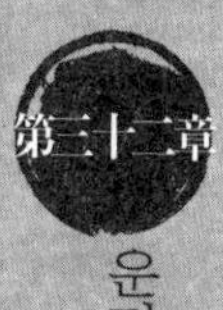

第三十二章

운거 영웅부자모(運去英雄不自謀)

—운이 떠나면 영웅도 어쩔 수 없다

쾌도비는 이곳 절곡이 안전한지 어떤지 알지 못하고 또 자신은 마음대로 움직이지 못하는 상태라서 자나 깨나 한시도 경계를 늦추지 않았다.

만약 그와 주소옥이 빠졌던 구덩이로 추격대 중에 누군가 한 명이라도 우연히 이곳에 들어온다면, 꼼짝도 못하는 쾌도비로서는 누운 채 고스란히 당할 수밖에 없다.

어쩌면 구덩이 말고 다른 방법으로도 절곡으로 들어올 수 있을지 모른다.

쾌도비가 직접 자세히 둘러보지 않았으므로 그것은 확신

할 수 없는 일이다.

주소옥은 그와 마주 보는 자세로 품에 꼭 안겨서 깊이 잠들어 있다.

쾌도비로서는 똑바로 눕는 것이 편하고 상처를 위해서도 좋지만 그녀를 안고 자려면 옆으로 누워야 한다.

그런데 아까부터 그녀에게서 이상한 소리가 났다. 배에서 나는 소리인데 아마 배탈이 난 모양이다. 꾸르륵거리는 소리가 쾌도비에게도 잘 들릴 정도다.

하긴 나흘 만에 음식, 그것도 건육과 건량을 먹었으니 배탈이 날 만도 하다.

결국 그녀는 한밤중에 배가 너무 아파서, 아니, 용변이 보고 싶어서 깨어났다.

"배가 아프오?"

"움직일 수 있겠어?"

"갑시다."

쾌도비는 이곳에 온 후 처음으로 걷기 위해서 한밤중에 천천히 몸을 일으켰다.

조만간 이런 일이 있을 줄 알고 그는 최대한 힘을 모으려고 애썼으며 누워 있으면서도 몸을 이리저리 움직이면서 연습을 했었다.

"끄응……."

암벽을 짚고 일어서는데 온몸이 조각나는 것처럼 고통스러워서 그도 모르게 입에서 신음 소리가 새어 나왔다.

주소옥은 용변이 급한지 손으로 배를 쓰다듬으면서도 염려스러운 듯 쾌도비를 바라보았다.

"힘들면 안 가도 돼. 참을 수 있어."

말은 그렇게 하면서도 그녀의 표정으로 봐서는 촌각도 참을 수 없을 것 같다.

쾌도비가 바닥으로 걸음을 내딛자 그녀가 재빨리 그의 오른팔을 자신의 어깨에 두르면서 부축했다.

쾌도비는 가슴이 갈가리 쪼개지는 것 같고 다리가 부들부들 떨렸으나 어금니를 악물고 신음을 참았다.

처음에는 한 걸음을 내딛기가 무척 어려웠지만 몇 걸음을 걷게 되자 조금 나아졌다.

"저기가 좋겠어."

주소옥은 미리 봐두었던 곳으로 조심스럽게 쾌도비를 이끌었다.

지금은 한밤중인데 머리 꼭대기에서 흐릿한 빛이 스며들어 오고 있으며 달빛인 듯했다.

또한 그녀는 평소 자주 다니던 곳이라서 어렵지 않게 쾌도비를 인도했다.

그녀가 이끈 곳은 샘에서 물이 흘러나와 절곡 바닥 한복판으로 작은 물줄기가 되어 흘러가는 곳이다.

어째서 하필이면 맑은 물이 흐르는 물줄기인가 싶겠지만 그녀 딴에는 다 그럴 만한 이유가 있다.

쾌도비가 몸이 아프니까 용변을 보고 묻을 땅을 파는 것이 쉽지 않을 것이다.

그런데 물줄기는 바닥으로부터 한 자 깊이며 폭이 두 뼘 정도라서 주소옥이 두 다리를 벌리고 걸터앉아서 용변을 보기에 적당했다.

뿐만 아니라 용변을 보면 물줄기에 씻겨서 떠내려갈 것이므로 파묻을 필요도 없이 깨끗하다.

"으으……."

"아아……."

물줄기에 거의 이르렀을 때 두 사람은 동시에 묘한 신음 소리를 냈다.

쾌도비는 너무 많이 걸어서 고통스럽기 때문이고, 주소옥은 용변이 급하기 때문이었다.

그녀가 용변을 보는 동안 쾌도비는 고개를 젖히고 위를 올려다보았다.

까마득한 암벽의 꼭대기는 보이지 않는데 야공에 둥실 떠 있는 둥근 보름달이 보였다.

그는 망연히 보름달을 바라보다가 발 아래쪽에서 갑자기 비단을 찢는 듯한 날카롭고도 요란한 소리가 들려서 그곳을 쳐다보았다.

쾌도비의 손을 꼭 잡고 얼굴을 잔뜩 찌푸린 주소옥이 그와 시선이 마주치자 입술을 삐죽거렸다.

"설사야……."

이제 쾌도비는 그녀의 용변을 보는 모습은 아무렇지도 않을뿐더러 어쩌면 귀여운 딸내미가 대견하게 응가를 하는 것을 아버지가 지켜주고 있는 듯한 흐뭇한 기분마저 들었다.

문득 쾌도비는 뒤로 삐죽 내밀고 있는 하얗고 몽실몽실한 주소옥의 둔부에 시선이 가서 그것이 흡사 보름달 같다는 생각이 들었다.

"왜 웃어?"

그가 자신의 둔부를 보면서 빙그레 미소 짓는 모습을 보고 주소옥이 눈을 하얗게 흘겼다.

"하늘에도 보름달이 떴고 여기 지상에도 보름달이 떴구려. 쌍보름달이오."

주소옥의 하얀 둔부를 보름달로 묘사했다.

"아냐, 부채야."

그녀는 힘을 주느라 이마에 핏대를 세우면서도 자신의 의견을 밝혔다.

“어째서 그렇소?”

“자루, 즉 손잡이가 서 있잖아.”

“손잡이?”

쾌도비는 주소옥의 시선을 따라서 자신의 아랫도리를 굽어보다가 움찔했다.

어느새 음경이 단단하게 커져서 앞으로 뻗어 있는데, 아마도 조금 전 지상의 보름달을 보다가 자신도 모르는 사이에 그리된 것 같았다.

찰싹! 찰싹!

“여기 두 개의 보름달 사이에 손잡이가 있으니까 부채가 아니고 뭐야?”

주소옥이 쾌도비의 손을 놓고 그의 궁둥이 두 짝을 소리 나게 때렸다.

“어허… 참!”

“깔깔깔깔! 두 개의 보름달에 부채 하나야! 까르르륵!”

주소옥은 배가 아픈 줄도 모르고 숨넘어가게 웃었다.

사내는 온몸에 천을 칭칭 감은 채 벌거벗고 서서 똥 누는 절색 소녀의 손을 잡아주고 있으며, 소녀는 설사를 하면서도 보름달이니 부채니 손잡이니 떠들면서 오두방정을 떨고 있으니, 세상천지에 이런 해괴한 한 쌍의 남녀는 둘도 없을 것이다.

주소옥의 용변이 끝난 후 임시 보금자리로 돌아온 쾌도비
는 기진맥진하여 그대로 쓰러져 버렸다.

"어떻게 해……."
이틀 후. 주소옥이 물에 빠진 생쥐 꼴을 해갖고 쾌도비가
누워 있는 곳으로 왔다.
샘물에서 어떻게 몸이라도 씻어보려고 용을 쓰다가 균형
을 잡지 못하고 엎어지는 바람에 샘에 빠져서 옷이 다 젖어버
렸다는 것이다.
젖은 옷을 입고 있으면 감기에 걸릴 것이라서 벗어야 하는
데 갈아입을 옷이 없다는 것이 문제다.
대낮이라서 그리 춥지 않은데도 차디찬 샘물에 빠져서 온
몸이 젖은 상태라 그녀는 오들오들 떨었다.
"우선 벗으시오."
그의 말에 주소옥은 조금도 망설임 없이 훌렁 옷을 다 벗고
전라의 몸이 됐다.
습관이란 놀라운 것이다. 자봉공주 주소옥이 외간 남자, 아
니, 목욕 시중을 드는 시녀 외의 사람 앞에서 전라의 몸이 된
적은 한 번도 없었다.
그런데 쾌도비 앞에서 이미 여러 차례 전라가 됐었고 또 온
몸을 그에게 맡겼었기에 그의 앞에서 언제든지 전라가 되는

것은 거리낌이 없다.

그렇다고 부끄럽지 않은 것이 아니다. 수치스럽지는 않지만 그녀는 여자이고 쾌도비는 엄연한 남자이기에 그런 차원에서 부끄러운 것이다.

하지만 그녀는 그것을 극복했다. 두 사람은 부부는 아니지만 이미 부부 이상의 관계다.

그런 특별한 관계가 주소옥이 이런 상황을 극복하는 데 있어서 가장 큰 힘이 되어주었다.

그리고 극복하지 않으면 안 된다는 당위성이 한층 힘을 보태주었다.

이런 외진 곳에서 쾌도비와 단둘이 있는 상황에서 전라의 몸이 되었다고 그의 앞에 서기를 부끄러워한다면, 어떻게 이곳 생활을 영위할 수 있을 것이며 이후 낙양까지 멀고도 험한 길을 어찌 함께 갈 수 있겠는가.

그리고 마지막으로 쾌도비 역시 알몸으로 있다는 사실이 어느 정도 그녀에게 위안이 되어주었다.

하지만 그가 알몸이 아니더라도 그녀는 지금처럼 서슴없이 전라가 됐을 것이다.

쾌도비 앞에 전라의 모습으로 서 있는 주소옥은 마치 하늘이 내린 듯 눈이 부시도록 아름다웠다.

지금까지 숱하게 봐온 그녀의 전라지만 볼 때마다 잠시 정신을 잃을 정도다.

"뭘 좀 먹겠소?"

쾌도비는 그녀에게서 시선을 거두고 봇짐을 끌어당기며 느릿하게 몸을 일으켜 앉았다.

이제는 이 공간 내에서 조금씩 몸을 움직이는 것은 고통스럽더라도 어느 정도 가능했다.

아프다고 하염없이 누워 있을 수만은 없기에 내일부터는 조금씩 걸어보기로 했다.

주소옥은 처음 건육과 건량을 먹었을 때에는 곧바로 배탈이 났었으나 차츰 뱃속이 안정되니까 지금은 곧잘 먹었고 또 배탈도 나지 않았다.

"이걸 써보시오."

쾌도비는 머리맡에 놔둔 것을 그녀에게 내밀었다. 그녀가 약초를 채취하러 갈 때마다 틈틈이 만든 돌그릇이다.

비도쾌로 암벽을 뚝 잘라내서 부지런히 깎고 다듬어 만들었으며, 모양은 어설프지만 물 따위를 충분히 담을 수 있을 만한 용기(用器)이다.

"훌륭해."

주소옥은 작은 감탄을 하고 돌그릇을 들고는 물을 뜨러 샘물로 향했다.

한 줌도 되지 않을 듯이 가느다란 허리와 그 아래 오동통하고 흰 궁둥이를 씰룩쌜룩 흔들면서 걸어가는 그녀의 뒷모습을 바라보며 쾌도비는 빙그레 미소를 지었다.

여자는 남자하고는 몸의 구조가 다른지 걸어가는 모습이 매우 요란했다.

그러다가 문득 그는 자신이 요즘 미소가 헤퍼졌다는 사실을 깨달았다.

아니, 헤퍼진 것이 아니라 주소옥하고 있으면 저절로 미소가 지어졌다.

그녀는 쾌도비를 미소 짓게 만든다. 다른 사람들에게는 신분 높은 자봉공주로서 지독히 엄격하게 대하지만 쾌도비에게만은 그저 철없는 어린 소녀처럼 행동하기 때문이다.

그녀가 예전처럼 자봉공주로서 그를 대했다면 그 역시 거리를 두고 형식적으로 그녀를 대했을 것이다. 아니, 그랬다면 이런 상황까지 오지 않았을 테고, 지금쯤 그녀는 십중팔구 죽었을 것이다.

그러므로 쾌도비에 대한 그녀의 변화는 자연스러움도 있지만 필연적인 것이 더 강하다.

잠시 후에 주소옥이 돌그릇에 물을 떠오고 두 사람은 넓게 펼쳐서 깐 곰 가죽 위에 마주 보고 책상다리로 앉아서 식사를 시작했다.

"식량이 얼마나 남았지?"

주소옥은 건육을 씹으면서 물었다.

"이게 마지막이오."

"어쩐지 더 맛있더라."

식량이 이게 마지막이라고 하는데도 그녀는 태연했으며 오히려 건육을 더욱 암팡지게 씹었다. 그녀는 비로소 건육과 건량이 얼마나 맛있는지 알게 되었다.

쾌도비는 항상 건육 하나만 먹고 주소옥에게는 서너 개씩을 주었다.

건육이나 건량은 말린 것이기 때문에 뱃속에 들어가면 부피가 커져서 포만감을 느낀다.

"내일부터는 내가 움직이도록 하겠소."

그의 상처들은 딱지가 앉기 시작했으며 내상도 많이 호전되었다. 순전히 주소옥의 치료 덕분이다.

"괜찮겠어?"

"많이 좋아졌소."

주소옥은 건육을 씹다가 아랫입술로 흐르는 국물을 혀로 핥으며 그를 바라보았다.

"대단한 체력이야. 보통 사람보다 서너 배는 더 빠르게 회복하는 것 같아."

"공주 덕분이오."

"하하하! 그건 부정할 수 없는 사실이지."

그녀는 건육 하나를 더 집어 들면서 어깨를 흔들며 웃었다.

그 바람에 저 작고 가녀린 체구에 어떻게 저리 크고 탐스러운 살덩이가 붙어 있을 수 있나 할 정도로 의심스러운 유방이 제멋대로 출렁였다.

무심코 쾌도비의 시선이 유방 아래로 향했다. 군살이라곤 찾아볼 수 없는 매끈한 배와 그 아래 완전 무방비 상태로 노출된 무성한 수풀 속의 옥문이 보였다.

그는 얼른 시선을 그녀의 얼굴로 향했다. 그녀의 은밀한 곳을 훔쳐보고 있다는 사실을 들키고 싶지 않았다. 그러면서 그는 이러는 것이 전혀 자신답지 않다고 생각했다.

"봤지?"

"뭘 말이오?"

"옥문."

거침없이 말하는 그녀 때문에 쾌도비가 오히려 얼굴이 붉어졌다.

"무슨 소리요. 나는……."

"그럼 그 괴물이 왜 커진 거지?"

쾌도비는 자신의 아랫도리를 굽어보고는 음경이 하늘을 향해 솟구쳐 있는 것을 보고는 할 말을 찾지 못했다.

얼음보다 더 차가운 수양심을 지녔다고 자부하는 그가 희한하게도 주소옥에게만은 맥을 못 추었다.

식사 후에 쾌도비는 주소옥에게 처음으로 용연풍에 대해서 말을 꺼냈다.

"그런 인물을 알고 있소?"

주소옥은 크게 놀라는 표정을 짓더니 잠시 후에 고개를 끄떡였다.

"이름이 용연풍이고 한 자 길이의 검은 막대기를 지니고 있다면 흑창사비뿐이야."

쾌도비는 움찔 놀랐다.

"흑창사비? 사신육비의 흑창사비 말이오?"

강호인으로서 사신육비를 모른다면 말이 안 된다.

"그래."

주소옥은 놀라움이 가시지 않은 표정으로 중얼거렸다.

"그자가 흑창사비였다니……."

이후 두 사람은 한동안 말이 없었다. 강호십신비라고도 불리는 사신육비의 흑창사비가 왔었다는 말에 각자 마음이 몹시 심란해졌다.

쾌도비는 자신을 어린아이 다루듯이 짓밟았던 인물이 강호십신비의 최고수인 흑창사비였다는 사실을 알게 되었으나 조금도 위로를 느끼지 못했다.

그런 것보다는 자신이 너무 형편없이 당했다는 모멸감 때문에 괴로웠다.

용연풍과 만났던 상황을 다시 한 번 떠올려 봐도 도저히 이해가 되지 않았다.

어떻게 그다지도 속절없이 당할 수 있었다는 말인가. 용연풍이 손을 쓰는 것을 보지도 못했다는 사실은 두고두고 쾌도비의 수치심을 자극했다.

쾌도비도 그리고 용연풍도 모든 조건이 동일했다. 둘 다 남자이며 사지육신이 멀쩡했다. 오히려 쾌도비가 더 키가 크고 체격이 좋으며 젊었다. 그러나 부족한 것이 있으니 바로 무공이다.

"공주, 조만간 천지무쌍쾌를 연마하고 싶소."

쾌도비가 불쑥 말하자 주소옥은 조금도 놀라지 않고 고개를 끄떡였다.

"알았어."

그녀도 자신을 죽이려고 강호육비의 인물이 나섰다는 사실에 쾌도비 못지않게 충격을 받았다.

"그리고 한 가지 의논할 일이 있소."

"말해봐."

"내 오른팔에 대한 얘기요."

주소옥은 눈을 빛내면서 조금 더 가까이 다가왔다.

쾌도비는 어제 말했던 대로 아침이 되자 주소옥과 함께 절곡 내를 둘러보기로 했다.

창룡도는 무겁기 때문에 그냥 놔두고 만일에 대비하여 비도쾌만 오른손에 쥐고 보금자리를 나섰다.

주소옥은 아직 옷이 마르지 않아서 여전히 나신인데 그가 첫 걸음을 떼기도 전에 그의 왼쪽으로 다가서며 팔을 들어 어깨에 두르고 부축을 했다.

쾌도비는 일어선 것만으로도 매우 고통스러워서 그녀의 부축을 뿌리치지 않았다.

이윽고 걸음을 옮기자 그녀가 지팡이 역할을 해주어서 한결 덜 힘들었다.

땀을 뻘뻘 흘리면서 몹시 힘들어하는 그녀를 보곤 안쓰러운 마음이 들었으나 부축을 하지 않으면 주저앉을 것 같아서 가만히 있었다.

두 사람은 절곡이 오른쪽으로 구부러진 곳을 향해 천천히 걸어갔다.

쾌도비가 이렇게 무리를 해서라도 절곡 내부를 둘러보려는 데는 이유가 있다.

무엇보다도 이곳이 안전한지의 여부를 자신의 눈으로 직접 확인하려는 것이다. 그래야지만 거기에 대해서 어떤 대책이라도 세울 수가 있다.

　그런데 쾌도비는 왼손에 뭐가 자꾸 닿는 것을 느끼고 쳐다
보다가 미간을 좁혔다.

　그의 키가 너무 크고 팔이 길다 보니까 주소옥의 어깨를 두
르고도 아래로 쳐져서 흔들리며 자꾸 손으로 그녀의 젖가슴
을 건드리고 있는 것이다.

　그래서 팔을 들어 올려 젖가슴에 닿지 않도록 하면서 걷는
데, 워낙 걷는 것이 신통치 않아서 거기에 신경을 쓰다 보니
까 또다시 손이 젖가슴에 닿았다.

　그래서 손을 들었다가 늘어뜨렸다 반복하다 보니까 오히
려 그녀의 신경을 거슬렸다.

　슥…….

　그녀는 아예 그의 손을 잡아서 자신의 가슴에 대주었다. 그
녀의 젖가슴을 만져보지 않은 것도 아닌데 그냥 편하게 가자
는 뜻이다.

　쾌도비는 사양할 처지가 아니라서 그냥 그녀가 하는 대로
묵묵히 있었다.

　그런데 문제는 거기서 끝이 아니다. 위태위태하게 걷다
보니까 뭔가를 의지하려는 마음에선지 자꾸 주먹을 쥐게 되
더니 어느덧 왼손으로 그녀의 젖가슴을 꼭 붙잡게 돼버렸
다.

　뚝…….

"너 일부러 그러는 거지?"

그런데 갑자기 그녀가 걸음을 멈추더니 차갑게 말했다.

"뭘……."

너무 힘들어 비지땀을 흘리면서 걷는 데만 신경을 쓰면서 걷던 쾌도비는 의아한 얼굴로 그녀를 보다가 자신의 왼손이 그녀의 젖가슴을 터뜨릴 것처럼 움켜쥐고 있는 것을 발견하고 급히 놓았다.

"미… 안하오."

"너 이 자식!"

확!

순간 그녀가 쾌도비를 거칠게 밀어버렸다.

쿵!

"윽……."

그는 바닥에 벌렁 쓰러져서 온몸이 조각나는 듯한 고통에 얼굴을 일그러뜨렸다.

탁!

그러나 주소옥은 아랑곳하지 않고 그의 손에서 비도쾌를 낚아채더니 그의 배에 두 다리를 벌리고 올라앉아 목에 비도쾌를 찌를 듯이 갖다 대고 날카롭게 외쳤다.

"음탕한 짓 했다가는 죽여 버릴 거야?"

"으으……."

“대답을 해!”

“으으으… 아… 알았소…….”

조금 나았다 싶은 가슴의 상처가 도져서 쾌도비는 숨이 끊어질 것 같은 고통에 허덕였다.

주소옥은 그의 일그러진 얼굴을 보더니 표독한 표정이 풀리면서 얼른 일어나 그의 팔을 잡아 일으켰다.

“일어나.”

“으으… 좀 쉬었다가 갑시다…….”

쾌도비가 드러누운 채 헐떡이자 그녀는 옆에 앉아서 그의 손에 비도쾌를 쥐어주었다.

“미안해. 나도 모르게 그만…….”

“창룡도를 가져다주겠소?”

“뭐하게?”

그의 요구에 주소옥은 의아한 표정을 지었다.

“창룡도로 지팡이를 삼으면 공주가 부축하지 않아도 될 것이오.”

“미안하다고 그랬잖아. 내가 부축해 줄게.”

결국 쾌도비는 주소옥의 부축을 받은 상태에서 더 이상 실수를 하지 않기 위하여 그녀의 왼쪽 어깨를 꼭 붙잡고 길음을 옮겼다.

절곡이 구부러진 곳까지는 아무런 변화가 없었다. 샘물과 그곳에서 흘러나온 물줄기가 절곡 복판까지 뻗었다가 방향을 바꿔 구부러진 절곡을 따라서 오른쪽으로 흐르고 있으며, 바닥에는 양탄자 같은 식물군이 계속 이어졌다.

쾌도비는 오른쪽으로 구부러진 절곡의 오른쪽 암벽을 따라서 한 걸음 한 걸음 내디디며 부지런히 사방을 살폈다. 어딘가 외부와 통하는 곳이 있는지 살피는 것이다.

그렇게 구부러진 암벽을 따라서 반원쯤 돌았을 때 두 사람의 눈에 무언가 반짝이는 것이 보였다.

몇 걸음 더 걷고 나서 두 사람은 그것이 호수의 끄트머리이며 절곡 위에서 비친 햇빛이 수면에 반짝이는 것이라는 사실을 알았다.

조금 더 걸어가자 호수는 점점 더 커졌으며 호수 주변에 놀랍게도 나무들과 여러 식물이 군락을 이루고 있는 광경이 나타났다.

평소 주소옥이 물을 마시고 세수를 하는 샘물에서 흘러나온 물줄기가 이 호수로 흘러들고 있었다.

지금까지 쾌도비와 주소옥이 줄곧 봐온 절곡은 폭이 좁은 협소한 장소였는데 이곳은 매우 넓었다.

반원을 다 돌고 나니까 그곳에는 절곡 전체의 전혀 새로운 전경이 한눈에 들어왔다.

우선 이런 곳에 있을 것이라고는 전혀 예상하지 못했던 크고 깨끗한 호수가 첫 번째로 시선을 끌었다.

전체의 모양은 타원형으로 폭이 삼십여 장에 길이가 오십여 장에 이르렀고 각기 다른 방향의 세 군데에서 물줄기가 흘러들었다.

그 주변에는 아담하지만 숲과 초원이 펼쳐져 있으며 놀랍게도 동물이 매우 많았다.

더구나 하나같이 사슴이나 토끼, 산양 따위 순한 동물 일색이었다.

눈에 띄는 것만 해도 백여 마리에 달했다. 그런데도 두 사람이 지금까지 있던 쪽에는 동물이 한 마리도 보이지 않았다는 사실이 이상했다.

동물들은 숲 속과 초원 여기저기에 무리지어 흩어져서 한가롭게 풀을 뜯거나 호숫가에서 물을 먹었다.

호수의 오른쪽 끝에서 얼마 떨어지지 않은 곳에 역시 깎아서 세워놓은 듯한 암벽이 꼭대기가 보이지 않을 정도의 높이로 서 있었다.

그런데 호수 오른쪽 끝과 암벽 사이에서 짙은 운무가 뭉클뭉클 피어오르고 있었다.

짙은 운무 때문에 그곳에 무엇이 있는지는 보이지 않지만 필경 몹시 뜨거운 무언가가 있는 것만은 분명했다.

“와아… 굉장해……..”

너무 놀라서 한참 동안 넋을 잃고 서 있던 주소옥이 정신을 차리고 탄성을 터뜨렸다.

그러나 그녀는 곧 쾌도비가 비틀거리는 것을 느꼈다. 너무 많이 걸은 탓에 고통은 그만두고라도 기진맥진한 상태가 되었다.

“좀 쉬자.”

두 사람은 암벽을 등지고 일 장 거리에 서 있으며, 그곳에서 호수까지는 매우 완만한 내리막이고 풀과 나무가 군데군데 서 있다.

두 사람은 그 자리에 나란히 앉았다.

“따가워.”

연약한 맨살로 풀 위에 앉던 주소옥은 뾰족한 풀잎이 궁둥이를 찌르자 발딱 일어났다.

그리고는 책상다리를 하고 앉은 쾌도비 위에 그를 등진 자세로 너무도 자연스럽게 자신도 책상다리를 하고 앉았다.

“무거워?”

“아… 아니오.”

그녀가 힐끗 돌아보면서 묻자 쾌도비는 움찔 당황해서 정도 이상으로 고개를 힘차게 가로저었다.

이런 자세를 더구나 그녀가 은밀한 부위를 쾌도비의 괴물

위에 얹으면 분명히 괴물이 성이 나서 불끈댈 것이라는 사실을 그녀는 아는지 모르는지 두리번거리면서 천진난만하게 구경하기 바빴다.

"이 정도 환경이 갖춰져 있으면 쾌도비 다 나을 때까지 이곳에서 생활해도 되겠어."

그녀는 쾌도비의 두 팔을 잡고 끌어당겨 자신의 배를 감싸게 했다.

"어디에 우리 보금자리를 마련하는 게 좋을까?"

이리저리 두리번거리던 그녀는 가까운 호숫가에서 물을 마시고 있는 한 마리 사슴을 보더니 군침을 삼켰다.

"저거 잡아서 구워 먹자. 응?"

"공… 주. 그만 일어섭시다."

"왜? 좀 더 쉬지 않고서?"

쾌도비는 자신의 수양심 부족한 괴물이 단단히 화가 나서 그녀의 사타구니를 강렬하게 찌르는 것을 느끼면서 불호령이 떨어지기 전에 일어서야겠다고 마음먹었는데 오히려 그녀는 태평했다.

'끙……'

쾌도비는 죽을 맛이다. 온몸의 피를 다 빨아들인 괴물이 더 이상 커질 수 없을 정도로 단단하게 커진 데다, 귀두가 그녀의 은밀한 부위를 강하게 찌르고 있기 때문이다.

더구나 그녀는 책상다리의 자세로 둔부를 뒤로 쑥 내밀고 있기 때문에 더욱 위험한 자세다.

만약 그녀가 순결한 숫처녀가 아니고 사내를 알고 있는 옥 문을 지니고 있다면, 이미 자동적으로 삽입이 되고도 남았을 것이다.

이런 상황을 견뎌야 하는 쾌도비의 괴로움이야 이루 말할 수가 없을 정도다.

"쾌도비."

문득 주소옥이 차분한 목소리로 말했다. 조금 전의 들뜬 목소리하고는 사뭇 다르다.

"사랑하지 않는 여자와 정사를 한 적이 있어?"

"있소."

그는 지금껏 사랑했던 여자가 한 명도 없었으니 정사를 한 여자는 전부 사랑하지 않는 여자였다.

"어떤 식이었지?"

"돈을 주고 샀소."

주소옥이 왜 갑자기 이런 얘기를 꺼내는지 모르지만 쾌도비는 솔직하게 대답했다.

"그건 금수(禽獸)만도 못한 짓이야. 어떻게 사랑을 하지도 않으면서 남녀가 몸을 섞을 수 있는 거지? 쾌도비는 어떻게 생각해?"

쾌도비가 알고 있는 대다수의 사내가 아무런 거리낌 없이 그랬기 때문에 그도 전혀 거부감 없이 같은 행동을 따라서 했을 뿐이다.

쾌도비처럼 성장이 빠른 소년일수록 성욕에 일찍 눈을 뜨는 불행함을 겪어야만 한다.

그는 성욕을 견디는 것이란 배고픔이나 졸음을 참는 것이나 같은 것이라고 믿고 있다.

배가 고프면 음식을 먹고, 졸음이 쏟아지면 잠을 자듯이, 성욕이 솟구치면 여자와 정사를 해야만 한다.

쾌도비는 주위 사람들에게 그렇게 배워서 그대로 행했으며, 당연히 거기에 대해서는 추호도 죄의식 같은 것을 느끼지 않았었다.

성욕 해소가 죄라면 먹는 것이나 잠을 자는 것도 죄라고 해야 하기 때문이다.

그렇지만 그는 성욕이 솟구친다고 해서 걸핏하면 돈을 주고 여자를 사지는 않았다.

피가 펄펄 끓는 소년으로서, 그리고 자유분방한 떠돌이로서 성욕을 참고 견디는 것은 몹시 힘든 일이었지만, 그는 참고 참다가 끝끝내 참기 어려울 때가 되면 비로소 돈을 주고 여자를 사서 성욕을 풀었다. 돈이 아깝기도 했지만 그런 행위 자체를 즐기지 않았었다.

거기에 사랑이 있을 리 없다. 단지 묵은 때를 벗기듯이 체내에 고여 있는 정액을 방출해 버렸을 뿐이다.

"공주는 배고픔을 참지 못하지 않소?"

쾌도비는 배고픔과 성욕이 비슷한 것이라는 자신의 주장으로 공주를 설득하려 들었다.

"성욕과 배고픔은 다른 거야."

총명한 주소옥은 그가 무슨 말을 하려는지 짐작하고 그를 일깨워 주려고 했다.

"다르지 않소."

이 문제만큼은 쾌도비도 지고 싶지 않았다. 주소옥의 나신이나 은밀한 부위를 보고 또 서로의 몸이 마찰되면 자신의 음경이 반응하는 것에 대해서 항변하려는 것이다.

"배고픔을 참으면 결국 죽게 되지만, 성욕을 참는다고 죽지는 않아."

"그걸 어떻게 아오?"

"내가 증거야."

"……."

쾌도비는 움찔했다.

"너는 성욕이 솟구칠 때마다 돈을 주고 여자를 샀지만 나는 그러지 않았어. 나는 순결지신을 지니고 있어."

그는 여자, 더구나 여자의 성욕에 대해서 아는 바가 없으므로 뭐라고 대꾸해야 할지 몰랐다.

"사람은 다 똑같아. 남자는 성욕을 느끼는데 여자는 아닐 것이라고 착각하지 마."

쾌도비는 문득 자신이 돈을 주고 정사를 했던 여자들이 하나같이 정사를 하는 동안 몹시 황홀해하면서 괴성을 지르거나, 또 정사가 끝난 후에는 최고의 쾌감을 맛보았다면서 다음에는 돈을 받지 않고 정사를 해줄 테니까 꼭 자기를 찾아오라고 신신당부했었던 것이 생각났다.

정사를 하는 동안 황홀해하고 또 쾌감을 맛보았다면 여자들도 성욕을 느낀다는 뜻이다.

"너와 나는 한 살 차이야. 그러니까 네가 느끼는 성욕이라면 당연히 나도 느꼈어. 그런데 나는 순결한 몸이고 너는 그렇지 않아."

그것으로 성욕은 배고픔하고는 달라서 참아도 죽지 않는다는 그녀의 말이 입증되었다.

"네 말대로 성욕이 배고픔과 같은 것이라면 수많은 승려와 도사들은 다 죽었어야 해."

승려들과 도사들은 이성에 대한 모든 것이 엄격하게 금지되어 있다.

쾌도비는 배고플 때 음식을 찾듯이 성욕이 넘칠 때 자연스럽게 여자를 찾았던 것이다.

무지가 낳은 소산이고 하류배들에게 배운 어줍지 않은 가르침 탓이다.

그의 경험에 의하면 배고픔의 고통과 성욕을 참는 고통이 동일했었다.

그러나 이제는 깨달았다. 성욕은 아무리 참아도 아무런 문제가 없다는 사실을.

"쾌도비, 네가 나에게 베푼 크나큰 은혜를 나는 살아생전에 다 갚을 수 없을 거야."

주소옥은 등을 쾌도비의 가슴에 붙이고 뒷머리를 그의 어깨에 기대면서 조용히 읊조리듯 말했다.

"그러므로 네가 내게 성욕을 느낀다면 내 순결을 너에게 바쳐야 하지만 난 그럴 수가 없어."

"공주, 나는……."

"내 말 끝까지 들어봐."

쾌도비는 당황했다. 그는 지금까지 주소옥의 나신을 보거나 그녀의 몸을 만지고 또 접촉하면서 성욕을 느꼈던 것이 이 순간 너무 부끄럽게 여겨졌다.

"내가 낙양 천절문에 가려는 것은 천절문주와 혼인을 하기 위해서야."

주소옥은 아무에게도 밝혀서는 안 되는 비밀을 비로소 쾌도비에게 설명하기 시작했다.

쾌도비는 그녀가 설마 혼인을 그것도 강호십신비 중 하나인 천절문의 문주와 혼인을 하려고 낙양 천절문에 가는 것인 줄은 꿈에도 짐작하지 못했었기에 적잖이 놀랐다.

"내 아버님께서 황제의 친동생인 것은 알고 있지?"

"알고 있소."

쾌도비는 고개를 끄떡였다.

"원래 선황께선 아버님을 태자로 책봉하셨는데 맏형인 주진무(朱振武)가 음모를 꾸며서 스스로 황위에 오르고 아버님을 변방인 운남성으로 유배를 보냈었어."

주소옥은 자신의 배를 안고 있는 쾌도비의 손을 쓰다듬으며 처연한 목소리로 말을 이었다.

"그동안 아버님께선 모진 고초 끝에 간신히 지금의 기반을 일으키셨는데… 황제는 누구에게 무슨 말을 들었는지 아버님에게 역모의 누명을 씌워서 남령부를 토벌할 계획을 꾸미고 있다는 거야. 황궁 내에 남아 있는 우리 편이 그런 사실을 은밀하게 알려주었어."

쾌도비는 묵묵히 듣기만 했다.

"만약 황제가 곤명에 토벌군을 보내면 아버님께선 어떻게 해볼 방법도 없이 당하고 말아. 남령부에 고수들과 군사들이 있지만 토벌군에겐 역부족이야. 역모라고 하면 구족몰살(九族沒殺)이야. 남령부는 물론이고 일가친척이나 남령부의 개한 마리조차 살아남지 못할 거야."

쾌도비는 어깨에 물방울이 뚝뚝 떨어지는 것을 느꼈다. 주소옥의 눈물이다.

"그래서 내가 한 가지 계책을 생각해 냈어. 강호의 힘을 빌려서 위기에서 벗어나려는 거야."

주소옥은 고개를 돌려 뺨을 쾌도비의 어깨에 댔다.

"그때부터 나는 강호에 대해서 철저히 파헤치기 시작했고 결국 강호에서 가장 막강한 세력 중에 하나가 천절문이라는 사실을 알아냈어."

그녀는 더 많은 눈물을 흘려 쾌도비의 어깨를 흠뻑 적셨다. 그 때문에 쾌도비도 마음이 무거워졌다.

"그리고 천절문의 문주가 홀몸이라는 것과 그가 배필을 찾고 있다는 사실도 알아냈어."

"천절문주는 몇 살이오?"

"올해 삼십구 세야. 한 번 혼인했었는데 상처하고 슬하에 일남일녀가 있어."

"유부남이라는 말이오?"

"상처했다니까?"

"상처… 가 뭐요?"

쾌도비로서는 처음 듣는 말이다.

"부인이 죽었다는 뜻이야."

쾌도비는 어이없음을 넘어서 착잡한 기분이 들었다.

"삼십구 세면 공주보다 스물두 살이나 많소. 아버지뻘이 아니오? 그런 자에게 시집을 가겠다는 말이오?"

"호오……."

주소옥은 호로록 한숨을 토해냈다.

"내가 천절문주와 혼인을 하면 남령부와 천절문은 사돈지간이 돼. 그럼 황제도 함부로 우릴 못 건드릴 거야."

쾌도비는 그녀의 말을 잘 이해하지 못했다. 황제의 힘은 곧 대명제국 전체의 힘이거늘 어찌 강호의 일개 문파를 두려워하겠는가.

"대륙은 황제의 소유물이지만 강호는 아냐. 아무리 황제라고 해도 함부로 강호를 건드릴 수가 없어. 시냇물은 우물을 침범하지 않는다는 말도 있잖아. 더구나 강호의 네 개의 신사신 중에 하나인 천절문이라면 더욱 건드리지 못해. 그건 내가 확신해."

쾌도비는 강호에 대해서는 거의 모르고 있다. 사실 그는 지금까지 자신에게 필요한 것만 알고 있었다.

예컨대 오른 손목에 흑청사 문신이 있는 자를 찾아다니면서 알게 된 강호의 이, 삼류에 대한 정보들이다.

그가 노는 물이 이, 삼류이기 때문이다. 천절문이니 팔신궁 등 사신이나 육비에 대한 얘기는 아련하게 소문으로만 들었을 뿐이다.

"천절문은 강호에서 가장 존경을 받고 있는 문파야. 천절문 자체의 세력과 힘도 대단하지만, 황제가 천절문을 건드리면 전체 강호인이 가만히 있지 않을 거야. 강호에는 사신육비만 있는 것이 아냐. 구파일방과 백도(白道), 흑도(黑道), 마도(魔道), 녹림(綠林) 등에 수십만 개의 문파와 방파, 그리고 고수들이 버티고 있어. 황제가 어리석지 않다면 그들 전체를 상대하려고 들지는 않을 거야. 천절문을 건드리는 것은 강호를 건드리는 것이니까 말이야."

주소옥은 자신만만하게 말했지만 왠지 목소리는 쓸쓸하게 들렸다.

쾌도비는 총명하기 짝이 없는 주소옥이 그런 결정을 내렸다면 섣부르게 조사를 하거나 일시적인 기분으로 그러지는 않았을 것이라고 믿었다.

하지만 그녀가 삼십구 세에 한 번 혼인을 했으며 아이까지 둘이나 딸린 홀아비에게 시집을 가려한다는 것은 아무리 남령부를 살리기 위한 일이지만 자신을 지나치게 희생하는 일이라는 생각이 들었다.

"아버님께선 천절문주에게 혼사에 대해서 서찰을 보내셨어. 이후 천절문주가 직접 남령부에 찾아왔었고, 한 달쯤 머무는 동안 혼사가 급속도로 진행됐으며, 천절문주는 남령부를 떠나기 전날 비로소 혼사를 승낙했었어."

쾌도비는 주소옥이 남령부를 떠나던 날 남령왕과 부인이 매우 슬픈 표정을 하고 있었던 것을 기억하고 있다.

남령부를 살리기 위해서 딸이 희생을 하고 또 혼자 먼 길을 떠나야 하는 것이므로 부모로서는 비통한 심정일 수밖에 없었던 것이다.

"혼인을 한다면서 왜 공주 혼자 가는 것이오?"

쾌도비로서는 당연한 의문이다.

"아버님께선 유배를 당하셨기 때문에 운남성을 벗어날 수 없으서. 황명이야."

쾌도비는 주소옥이 공주의 신분이지만 어쩌면 평민보다 못한 서글픈 신세라는 생각이 들었다.

대부분의 사람은 서로 사랑해서 혼인을 하지만, 그녀는 사랑하지도 않는, 그것도 자신보다 나이가 배 이상 많은 아버지뻘 되는 남자와 혼인을 해야 한다.

그것은 부친과 일가친척, 그리고 남령부를 위한 희생이지 그녀를 위한 것은 없다.

"나는 첫날밤을 위해서 순결을 지켜야만 해. 만약 내가 순결하지 않다면 파혼이 될지도 몰라."

그녀는 매우 쓸쓸한 목소리로 말했으며, 그 말은 쾌도비에게 매우 복잡한 의미로 들렸다.

“내가 천절문에 가지 못하거나 첫날밤까지 순결을 지키지 못한다면… 아버님과 가솔들 그리고 남령부는 멸문을 면치 못할 거야.”

쾌도비는 마음이 매우 무거웠다. 주소옥의 신세가 자신보다 더 비참하다는 생각이 들어서다.

“그런데…….”

슥…….

주소옥이 쾌도비에게 기댔던 상체를 일으켰다.

“너는 내 얘기를 귀담아들은 것이냐?”

“그렇소.”

“그런데 처음부터 계속 내 그곳을 찌르고 있는 괴물은 뭐라고 설명할 테냐?”

“…….”

탁!

별안간 그녀는 쾌도비를 쓰러뜨려서 눕히더니 그의 손에서 비도쾌를 낚아챘다.

그러더니 하늘을 향해 꼿꼿하게 서 있는 음경을 왼손으로 덥석 잡고는 비도쾌를 갖다 댔다.

“이참에 아예 잘라 버리고 말 테야!”

“고, 공주!”

쾌도비는 기겁했다. 그는 정말 그녀의 얘기를 귀 기울여서 듣느라 성욕은 조금도 느끼지 못했었다.

그렇다면 그의 음경은 그의 생각하고는 따로 노는 정녕 괴물일지도 모른다.

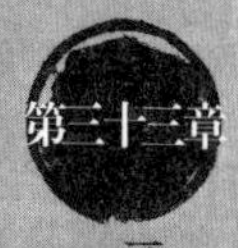

第三十三章

포난생음욕(飽暖生淫慾)

─배부르고 따뜻하면 자연히 음욕이 생긴다

쾌도비와 주소옥은 호수의 오른쪽 끝 운무가 피어나는 곳
까지 갔다.

백여 장 남짓한 거리를 걸어오는 데 반 시진이나 걸렸으며
쾌도비는 극도로 기진맥진했다.

"쾌도비! 이건 온천이야!"

주소옥이 운무가 부옇게 피어오르고 있는 곳을 살펴보고
는 탄성을 터뜨렸다.

그곳은 폭 십여 장쯤의 아담한 원형의 연못인데 그곳에서
뜨거운 김이 무럭무럭 피어오르고 있었다. 운무의 정체는 온

천에서 나는 김이었다. 이런 곳에 온천이 있다니 상상조차 하지 못했던 일이다.

두 사람은 조심스럽게 온천으로 다가갔다. 온천의 오른쪽 여러 군데 물속에서 거품과 함께 뜨거운 물이 솟구쳐 오르는 것이 보였다.

온천 왼쪽에서 호수로 작은 물길이 오 장쯤 이어져 있으며, 온천의 뜨거운 물이 호수로 흘러들어 호수의 물과 합쳐져서 식었다.

"앗! 뜨거워!"

주소옥은 온천 가장자리에서 물에 살짝 발을 담갔다가 기겁하며 비명을 질렀다.

운남성에는 온천이 많기 때문에 그녀는 온천에 대해서 매우 해박한 지식을 갖고 있다.

"저쪽으로 가보자."

주소옥은 펄펄 끓는 온천물이 샘솟는 반대쪽, 그러니까 온천물이 흘러나가는 쪽으로 쾌도비를 이끌었다.

온천 주위에는 기암괴석이 둘러쳐져 있으며 온천물과 수증기에 의해서 누렇게 변색된 모습이다.

주소옥은 조심스럽게 발끝을 넣어보더니 안심한 듯 혼자 천천히 온천물 속으로 들어갔다.

쑤우…….

“앗!”

그런데 물이 너무 깊어서 그녀는 순식간에 물속에 잠기고 말았다.

순간 기진맥진했던 쾌도비는 즉시 온천으로 뛰어들어 그녀의 팔을 잡고 건져 올렸다.

“푸아!”

그곳은 쾌도비의 가슴 정도 깊이였다. 주소옥은 그에게 매달리다시피 안겨서 숨과 물을 토해냈다.

“괜찮소?”

“아아… 죽을 뻔했어.”

쾌도비가 주위를 둘러보다가 물속에 평평한 바위에 앉으니까 그녀는 납죽 그의 허벅지에 올라앉았다.

“내 상처에 물이 들어가도 괜찮겠소?”

주소옥은 두 손을 모아 온천물을 떠서 입안에 한 모금 머금고는 까만 눈동자를 이리저리 굴리다가 꿀꺽 삼키고 나서 환한 표정을 지었다.

“이 온천수는 암염(巖鹽)과 철황(鐵黃)이 아주 많이 포함되어서 상처 치료에 매우 탁월한 효능이 있어. 그러니까 쾌도비는 이 온천수에 몸을 담그고 있는 것만으로도 저절로 치료가 되는 거야.”

쾌도비는 무슨 말인지 이해하지는 못해도 상처 치료에 좋다는 말은 알아들었다.

"아아… 정말 좋다."

주소옥은 기지개를 켜듯 몸을 쭉 펴면서 탄성을 토했다.

"앗!"

그러다가 미끄러져서 또다시 물에 빠지려는 것을 쾌도비가 급히 잡아주었다.

"멍청이! 잘 잡고 있어야지!"

그녀는 쾌도비의 두 손을 끌어다 자신의 배를 감싸게 하고는 온천수에 머리를 감기 시작했다.

쾌도비와 주소옥은 거처를 온천수 근처로 옮겼다.

주소옥의 치료와 온천수 덕분에 쾌도비의 상처는 몰라볼 정도로 빠르게 회복되고 있었다.

그동안 두 사람은 며칠에 걸쳐서 온천과 호수 주변을 샅샅이 살펴보았다.

그 결과 두 사람이 빠졌던 구덩이 말고는 이곳으로 들어오거나 나갈 수 있는 방법이 전혀 없다는 사실을 확인했다.

하나가 있긴 한데 그것은 이곳에서 나가는 방법이지 들어올 수 있는 것은 아니었다.

호수의 물이 절곡에서 빠져나가는 곳인데, 호수 끝에서 하나의 물줄기가 흘러가다가 폭포가 되어 이십여 장 아래로 급

전직하 떨어져 내린다.

그 아래는 커다란 소(沼)가 있으며 그곳에서 지하 동굴로 물이 흘러 들어가고 있었다.

아마도 그 물은 영원히 지하를 흐를 수도 있고 아니면 지상으로 나와서 계류가 될 수도 있다.

하지만 제아무리 추격대의 혈혼살수들이라고 해도 그 물을 거슬러 올라서 절곡으로 진입할 수는 없을 것이다.

움직임이 웬만큼 자유로워지자 쾌도비는 제일 먼저 자신들이 빠졌던 구멍을 타고 기어 올라가서 입구를 아예 단단히 막아버렸다.

하지만 언제든지 나가려고 마음만 먹으면 막은 곳을 뚫으면 간단하다.

호수 건너편의 너른 초지와 숲에는 적어도 사오백 마리의 순한 짐승이 서식하고 있었다.

짐승들이 원래부터 이곳에 살고 있었던 것인지, 아니면 두 사람이 빠졌던 구덩이로 짐승들도 하나둘씩 빠졌는지, 그것도 아니면 쾌도비가 아직 발견하지 못한 또 다른 통로가 있는 것인지는 모르는 일이다.

하여튼 짐승이 무진장 많아서 식량 걱정은 하지 않아도 될 듯했다.

뜨거운 온천 덕분인지 온천 근처의 땅은 뜨끈뜨끈했으며

호수 주변도 땅이 미지근한 정도여서 계절에 상관없이 초원과 나무들이 늘 푸르렀고 늦봄이나 초여름처럼 꽃들도 지천으로 피어 있었다.

아마도 그렇기 때문에 많은 초식동물이 잘 번식할 수 있었던 것 같았다.

쾌도비는 여러 가지 일을 했다. 그중 하나가 온천 오른쪽 끝 암벽 아래에 거대한 바위가 서 있는 뒤쪽 암벽을 창룡도로 깎고 파내서 동굴을 만드는 것이다.

나무가 많기 때문에 나무를 잘라서 임시로 거처할 통나무집을 만들 수도 있지만, 만약 누군가 절곡에 진입하는 경우가 발생하면 통나무집은 눈에 잘 띌 것이기에 은밀한 장소에 동굴을 파는 것이다.

그리고 그는 틈틈이 천지무쌍쾌를 연마했으며, 주소옥이 일러주는 방법으로 오른팔의 공력을 자유자재로 사용할 수 있는 수련을 계속했다.

주소옥은 그야말로 신바람이 났다. 이곳에는 지열(地熱) 덕분인지 무진장의 약초가 널려 있어서, 그녀는 하루에 많게는 대여섯 개 이상의 새로운 약초를 발견하곤 했다.

두 사람은 이곳에서만큼은 옷을 입지 않고 생활했다. 이미 서로의 나신에 대해서는 충분히 익숙한 상태이고, 옷을 입으면 오히려 덥고 거추장스럽기 때문이다.

이곳의 짐승들은 도무지 사람을 두려워하지 않는다. 그래서 쾌도비가 곁에 다가가도 도망치지 않기 때문에 간단하게 잡을 수가 있다.

"마지막으로 가르쳐 주었던 방법이 소용이 없다면 나로서도 더 이상 방법이 없어."

온천 옆의 나지막한 바위에 책상다리로 앉은 주소옥은 맞은편에 앉은 쾌도비를 보며 고개를 가로저었다.

지금까지 주소옥은 쾌도비의 오른팔에 축적된 공력을 자유롭게 사용할 수 있는 제 나름의 여러 방법을 생각해 내서 쾌도비에게 가르쳐 주었고 그는 끈질기게 시도해 봤으나 번번이 실패했다.

"음… 또 뭐가 있을까?"

주소옥은 손으로 턱을 괴고 아미를 찡그리며 자신이 읽었던 의서의 내용들을 반추하려고 애썼다.

한참 동안 기다리던 쾌도비는 손을 저었다.

"이제 됐소."

"응? 뭐가 돼?"

"안 되는 것에 시간을 낭비하지 않겠소. 그 시간에 비도쾌도법을 더 연마할 생각이오."

"호오……."

주소옥은 감탄하는 표정으로 그를 바라보았다.

"포기가 빠르구나."

이런 상황에 처하면 대다수의 사람은 꼭 이루고 말겠다는 터무니없는 욕심을 부린다는 것을 그녀는 잘 알고 있다.

하지만 쾌도비의 오른팔 공력을 자유자재로 사용하는 것은 그녀가 봤을 때 불가능한 일이다. 물론 그녀가 알고 있는 지식으로는 말이다.

쾌도비는 그것을 정확하게 인식하고 빠르게 포기했다. 그것은 현명한 결단이다.

헛되이 시간을 낭비하느니 그 시간을 더 유용하게 사용하겠다는 것이다.

늦은 오후 두 사람은 언제나 천지무쌍쾌를 연마할 때면 찾아가는 암벽 앞으로 갔다.

단단한 화강암으로 이루어진 암벽에는 수십 군데 패인 흔적들이 있다.

쾌도비가 비도쾌 도법 일 초식 천지무쌍쾌를 연마하면서 생긴 것들인데 암벽이 깊어야 한 치 정도 깎였을 뿐이지 구멍이 뚫린 것은 아니다.

처음에 쾌도비가 비도쾌를 통해서 발출한 것은 순수한 오른팔의 공력이었다.

천지무쌍쾌의 강기, 즉 도강을 발출해야 하는데 번번이 순수한 공력이 뿜어졌기 때문이다.

그는 주소옥과 함께 도주하는 과정에서 여러 차례 오른팔로 창룡도를 휘둘러서 공력을 뿜어낸 적이 있었다.

그런데 천지무쌍쾌를 연마하면서 자꾸만 그것이 발출되었다. 나오라는 도강은 나오지 않고 오른팔의 공력만 뿜어지는 것이다.

추격대와 싸울 때는 무적인 것 같았으나 이곳의 화강암 바위에는 그저 홈집만 낼 정도의 위력이다. 오른팔의 공력은 아직 전혀 다듬지 않은 원석(原石)이다. 그것을 잘 다듬어야지만 찬란한 금강석이 될 것이다.

천지무쌍쾌가 조금 진전되고 나서는 오른팔의 공력을 체내에서 강(罡)으로 바꿔서 비도쾌를 통해 발출해야 하는데, 아직 완성되지 않은 기(氣)가 발출되기 때문에 암벽에 홈집 정도만 냈다.

고로 암벽에 새겨진 홈집들은 오른팔의 공력과 기, 즉 도기에 의한 것이지 정말로 원하는 도강은 한 번도 발출된 적이 없었다. 즉, 그는 아직 천지무쌍쾌를 완성하지 못했다.

쾌도비는 암벽에서 삼 장쯤 거리를 두고 암벽을 응시하면서 우뚝 서서 천지무쌍쾌의 구결대로 공력을 운행하여 공력을 강기로 바꾸고 있으며, 주소옥은 옆에 서서 기대 어린 표정으로 지켜보고 있다.

이윽고 그는 오른손에 움켜쥐고 있는 비도쾌를 천천히 들어 올리면서 굳은 표정으로 암벽의 한곳을 주시했다.

일순 그는 비도쾌를 맹렬하게 그어 내리면서 체내에서 만들어낸 강기를 주입했다.

쐐애액—

고막을 찢을 듯한 파공음과 함께 비도쾌에서 검푸른 빛줄기가 일직선으로 암벽을 향해 쏘아가자 쾌도비의 표정이 조금 일그러졌다.

날카로운 파공음과 검푸른 빛줄기는 도강이 아닌 도기라는 것을 여태까지의 경험으로 이미 알고 있기 때문이다.

팍!

검푸른 빛줄기가 암벽에 부딪치는 음향 역시 예전과 다를 바가 없다. 예전이라고 해봐야 어제다.

어제도 이곳에서 열 번 이상 천지무쌍쾌를 전개했으나 죄다 도기뿐이었다.

방금 발출된 도기로 인해서 암벽에는 한 치 깊이의 깎여 나간 흔적이 생겼다. 그걸 보면서 쾌도비는 낙담했다.

자신은 영원히 천지무쌍쾌를 완성하지 못하는 것인가 하는 자괴감마저 들었다.

포기와 결단력이 빠른 그이지만 천지무쌍쾌만큼은 포기하

고 싶지가 않았다.

"쾌도비, 너 내상 아직 다 낫지 않았지?"

지켜보고 있던 주소옥이 가까이 다가서며 물었다. 쾌도비의 상처는 겉으로 보기에는 이미 다 아물었다.

하지만 옆머리가 깨지고 갈비뼈가 으스러지면서 입은 내상이 어떤지는 주소옥으로서도 상세하게 알지 못했다.

그녀는 의서에 통달했을 뿐이지 맥을 짚어 상태를 살피는 것은 그다지 익숙하지 않다.

현재 맥을 짚는 법을 꾸준히 배우고 있으나 그것을 통달할 때쯤이면 쾌도비의 내상도 다 나을 것이다.

"체내에서 공력을 강기로 전환할 때나 그것을 발출할 때 느낌이 어때? 아픈 거야?"

"조금."

"어디가 아픈데?"

"가슴속이 뻐근하오."

주소옥은 알겠다는 듯 고개를 끄떡였다.

"그래서 공력이 강기로 전환되지 않는 거야."

"무슨 뜻이오?"

"가슴 부위에는 수많은 혈도가 있는데 가슴 부위의 내상이 아직 완쾌되지 않아서 공력이 그곳을 통과할 때 강기화(罡氣化)되지 않는 거야. 말하자면 밥을 하는데 뜸이 덜 들어서 설

익은 거지. 그래서 도강 아래 단계인 도기까지만 만들어지는 거였어.”

사실 쾌도비는 체내의 공력을 가슴 부위로 통과시킬 때 몹시 고통스러웠으나 내색하지 않고 참았었다. 그런데 그것 때문에 강기가 만들어지지 않을 줄은 몰랐었다.

“지금 상태에서는 계속해 봐야 도강은 발출되지 않고 오히려 내상만 덧나게 될 거야.”

쾌도비는 하루빨리 천지무쌍쾌를 완성하고 싶기에 답답한 마음이 들었다.

“그럼 어떻게 하면 좋겠소?”

“천지무쌍쾌의 체내 운용은 다 터득했지?”

“그렇소.”

체내 운용이란 공력을 도강으로 바꾸는 과정이며, 쾌도비는 그것을 수천 번도 더 연마했다.

“그렇다면 몸이 다 나을 때까지 비쾌법(飛快法) 이 초식 고금제일도를 연마하도록 하자. 그때까진 다 낫겠지.”

주소옥은 언제부터인가 비도쾌 도법을 줄여서 비쾌법이라고 말하고 있다.

쾌도비는 하나를 완벽하게 성공한 후에야 다음으로 넘어가는 성격이다.

하지만 지금으로썬 그럴 수가 없는 형편이니 한시라도 시간을 허비하지 않으려면 주소옥이 제시한 방법대로 하는 수밖에 없다.

또한 새로운 것을 배운다는 사실에 그는 적잖이 기분이 고무되었다.

"그리고 틈나는 대로 북두인을 오른손으로 연마하도록 해. 그건 중요한 거야."

그가 어렸을 때부터 익혔던 쾌도식이 바로 백두파의 삼절 중에 도절인 북두인이었다.

지금껏 왼손으로 익혔던 북두인을 무진장한 공력이 축적된 오른손으로 익히는 것은 실로 중요하다.

비도쾌 도법, 즉 비쾌법을 터득한다고 해도 절정고수가 아닌 평범한 적을 상대로 도강을 뿜어낼 수는 없는 노릇이다. 그럴 때는 적절하게 북두인을 사용해야 하는데 오른손으로 익히고 나면 예전의 수십, 아니, 수백 배의 위력을 발휘하게 될 것이다. 그런 상상만 해도 그는 가슴이 뛰었다.

쾌도비는 전부터 궁금하게 여기던 것을 넌지시 물었다.

"혹시 공주는 북두인의 다음 초식을 알고 있소?"

쾌도비가 무슨 생각을 하는지 주소옥은 짐작하고 있지만 냉정하게 말했다.

"몰라."

"그럼 어떻게 쾌도식이 북두인이라는 것을 알아보았소?"

"오래전에 장백파 고수가……."

"백두파요."

"말 끊을래?"

쾌도비는 백두파 얘기만 나오면 괜스레 자못 엄숙해져 버린다. 그 옛날 그에게 이름 모를 도법 일 초식을 가르쳐 주고 훌쩍 떠났던 연 대형이 알고 보니 백두파 사람이고, 백두파는 절대로 외부인에게는 자파의 무공을 전수하지 않는다는 사실을 알고 나서는, 필경 연 대형이 자신을 제자로 거둔 것이라고 믿고 있기 때문이다.

피붙이는 물론이고 집도 절도 없는 떠돌이인 그에게 최초의 소속감이라는 것을 심어준 것이 바로 백두파인 것이다. 그래서 그는 마음속으로 자신은 백두파의 제자라고 믿었다.

주소옥은 쾌도비가 장백파를 백두파라고 말하는 것을 좋아한다는 사실을 깜빡 잊고 있었다.

하지만 그녀는 자신의 말을 자르는 것을 아주 싫어한다. 설령 그 사람이 쾌도비라고 해도 말이다.

"죽고 싶으냐?"

기분이 상한 그녀는 눈을 하얗게 뜨고 쾌도비를 노려보았다. 언필칭요순(言必稱堯舜)이라고 그녀는 걸핏하면 죽고 싶으냐고 으름장을 놓는다.

자존심이나 성깔이라면 쾌도비도 필적할 상대가 없지만,

주소옥에게만은 양보한다.

이미 그에게 있어서 그녀는 한없이 연약하고 또 귀여운 존재이기 때문이다.

"미안하오."

그는 지금까지 살면서 상대에게 사과한 적이 다섯 손가락에 꼽을 정도지만, 주소옥에게 미안하다고 말한 것은 수십 번도 넘는다.

"오래전에 백두파 고수가 몇 차례 강호에서 활동한 적이 있었는데, 그때 그들이 사용했던 무공에 대해서 기록해 놓은 서책을 읽었어. 그래서 북두인을 알아본 거야."

결국 그녀는 백두파라고 할 거면서 성깔을 부렸다.

그건 그렇고, 그녀는 도대체 얼마나 많은 책자를 읽었기에 무공서도 아닌 책자까지 읽었다는 것이며, 또한 얼마나 총명하면 누군가 기록해 놓은 백두파 북두인의 완전하지 않은 동작을 단지 글로 옮겨 적은 것을 읽고는 쾌도비의 쾌도식을 북두인이라고 알아봤다는 말인가. 과연 천재가 따로 없다.

"대단하오."

쾌도비는 적잖이 감탄했다.

"지금 내 성격 말하는 거야?"

논리적으로는 총명한 그녀지만 감성적으로는 맹탕이고 눈치코치 없는 것은 도무지 발전이 없다.

“북두인의 동작을 얼마나 정확하게 알고 있소?”

쾌도비는 화제를 바꾸었다.

“그걸 알고 싶은 거였어? 칼 줘봐.”

쾌도비는 비도쾌를 그녀에게 건네주었다. 그는 그녀의 동작을 보고 북두인의 다음 초식을 배우고 싶은 것이다.

그녀는 비도쾌를 오른손에 쥐고 잠시 서서 생각을 정리하고는 이윽고 동작을 하기 시작했다.

그러나 쾌도비는 곧 실망했다. 그녀의 동작은 너울너울 춤을 추는 것이지 절대로 북두인이 아니었다.

하지만 그런 말을 하면 그녀가 실망할까 봐 아무 말도 하지 않고 그냥 팔짱을 끼고 빙그레 미소를 지으며 묵묵히 지켜보기만 했다.

그렇지만 주소옥은 제 딴에는 열과 성을 다해서 북두인의 동작을 해보이고 있다.

그것이 북두인이든 춤이든 상관하지 않고 그 속에 빠져들어 혼신의 노력을 아끼지 않았다. 그런 점에서는 그녀를 칭찬해 줄 만하다.

그리고 어느 순간부터 쾌도비의 얼굴에서 미소가 사라졌다. 대신 홀린 듯 넋을 잃은 표정이 떠올랐다.

대저 어느 뉘라서 강남땅에서 가장 아름답다는 자봉공주 주소옥이 전라로 초식도 아니고 춤도 아닌, 그러나 너무도 우

아한 동작으로 빙글빙글 돌고 두 팔을 너울너울 휘두르며 다
리를 번쩍번쩍 드는 광경을 구경할 수 있겠는가. 그저 쾌도비
니까 가능한 일이다.

쾌도비는 이날까지 살아오면서 무언가를 보고 아름답다고
느껴본 적이 한 번도 없었다.

그랬었는데 주소옥을 만나고 나서 변했다. 일단 그녀는 아
름답다. 머리에서 발끝까지 어느 한 군데 아름답지 않은 것이
없을 정도다. 어떨 때는 그녀가 눈 똥도 아름답다는 괴상한
생각까지 들었다.

눈과 코, 입, 귀, 턱, 목, 어깨, 가슴, 배, 허리, 둔부, 옥문, 허
벅지, 무릎, 종아리, 발목, 그리고 발가락까지 하나씩 떼어놓
아도 아름답고 그것들을 다 붙여놓으면 천 배나 더 완벽하게
아름답다.

그 완벽한 나신이 너울너울 동작을 할 때마다 풍만하고 탄
력 있는 젖가슴은 물결처럼 흔들리고, 탱탱한 둔부는 찰랑거
렸으며, 희고 가는 두 팔과 군살 없는 늘씬한 두 다리는 하늘
거렸다.

힘이 드는지 얼굴이 빨개져서 반쯤 벌어진 입에서는 달뜬
호흡이 학학 새어 나왔다.

그런데 실로 중요한 사실이 있다. 걸핏하면 괴물로 변신을
하는 쾌도비의 음경이 이 순간만큼은 요지부동 꼼짝도 하지

않고 있다는 것이다.

그것은 주소옥의 아름다움이 성욕을 느끼게 하는 그 이상의 무엇이라는 방증이 아니겠는가.

탁!

"하악! 하아… 잘 봤냐니까 뭐하고 있어?"

주소옥이 냅다 정강이를 걷어차는 바람에 쾌도비는 정신이 번쩍 들었다.

"아… 잘 봤소."

그때 너무 지친 주소옥이 쓰러질 것처럼 비틀거리는 것을 보고 쾌도비가 두 팔을 뻗어 그녀를 마주 안아주었다.

"학학학… 심장이 터질 것 같아……."

조그맣고 가녀린 그녀는 그의 품에 안겨서 할딱거렸다. 그녀의 심장이 미친 듯이 콩닥거리는 것이 맞닿은 그의 가슴으로 전해졌다.

"애썼소."

쾌도비는 그녀의 등을 부드럽게 쓰다듬었다.

"너 또……."

아래를 더듬거리던 주소옥은 전혀 커지지 않은 그의 음경을 붙잡고 의아한 표정을 지었다.

"어떻게 된 거야? 너 어디 아픈 거야?"

성욕이 추호도 느껴지지 않을 만큼 아름답고 숭고한 그 무엇에 감동한 쾌도비를 그녀는 이해하지 못했다. 그를 순 속물이라고만 여기기 때문이다.

그런데 그녀가 그의 음경을 만지니까 감동이 씻은 듯이 사라지고 그 즉시 괴물이 부활했다.

"그럼 그렇지. 쾌도비가 어디 가겠어?"

주소옥은 피식 실소를 흘렸다. 그러면서 웬일인지 그녀는 화를 내지도 그를 응징하지도 않았다.

어쩌면 그를 혼내는 일에 지쳤는지도 모른다. 그러면서 그녀는 그의 품에 안겨서 점점 커지고 있는 괴물을 신기한 듯 만지작거리기만 했다.

절곡 안은 바깥세상하고는 완전히 단절된 곳이다.

두 사람은 처음 한 달 정도는 꼬박꼬박 날짜를 계산했으나 언제부턴가는 그것이 무의미하다고 느껴져서 아예 신경을 쓰지 않게 되었다.

이곳은 상시 늦봄이나 초여름의 날씨이기 때문에 계절의 변화도 느끼지 못한다.

날짜마저 계산을 하지 않으니까 도대체 얼마나 지났는지 알지 못했고 구태여 알려고 하지도 않았다.

어쨌든 막연하게나마 계절이 한 번쯤은 바뀌었을 것이라고 생각했다.

온천 옆 거대한 바위 뒤쪽의 암벽을 파내고 다듬어서 만든 동굴도 오래전에 완성이 되어 두 사람은 밤이면 그곳에서 잠을 잤다.

온천 옆이라서 조금도 춥지 않기 때문에 바닥에 푹신하게 풀 더미를 깔고 곰 가죽을 얹은 위에서 아무것도 덮지 않은 채 그저 둘이 꼭 끌어안고 잤다.

춥지 않아도 안겨서 자는 것이 습관이 배어 쾌도비에게 안기지 않고는 주소옥은 잠을 이루지 못했다.

쾌도비는 낮에는 참았다가 가끔 한밤중에 용변을 보러 밖에 나갔다가 돌아오곤 하는데, 그럴 때면 주소옥은 잠에서 깨어 혼자 우두커니 앉아 있다가 돌아온 그의 품에 안겨서 훌쩍거리며 울었다.

강단 있고 고지식하며 깐깐한 그녀의 또 다른 모습이다. 그녀는 혼자가 되는 것을 매우 무서워했다.

그래서 그녀는 쾌도비가 용변을 보러 갈 때 이제부터 자기도 따라가겠다고 떼를 썼으나 그건 쾌도비로서도 절대 용납하지 못할 일이다.

두 사람은 서로 성적으로 애무를 한다거나 정사를 하지 않는다는 것을 빼고는 부부나 다름없는 생활을 영위했다.

비도쾌에 서로의 피를 흘려 넣어서 영혼으로 하나가 되었다는 것 말고도, 그들은 서로의 눈빛이나 표정만 보고서도 상대가 무엇을 원하고 또 뭘 하려는 것인지 알 수 있는 단계에 이르렀다.

이즈음 여러 변화가 있었으나 그중에 특기할 만한 것 하나는, 주소옥이 더 이상 쾌도비의 괴물에 대해서 신경을 쓰지 않게 되었다는 사실이다.

아마도 시도 때도 없이 본성을 드러내는 괴물을 하도 보다 보니까 둔감해진 탓도 있을 터이다.

그러나 무엇보다도 그녀를 포기하게 만든 이유는, 거침없는 괴물의 발기가 음탕함이 아니라 쾌도비의 넘치는 젊음 때문이라는 사실을 깨닫게 되었기 때문이다.

그가 그녀를 사랑하든가 아니면 성욕의 대상으로 여기는가를 떠나서 단지 젊기 때문에 성욕을 주체하지 못하는 것이라고 이해하게 되었다.

동굴 안으로 흐릿한 아침의 빛이 스며들었다.

동굴은 순전히 쾌도비가 창룡도와 비도쾌만을 사용하여 깎고 파내서 만들었으며, 깊이가 일 장 반에 높이 일 장, 폭이 장 정도로 웬만한 방 하나의 크기다.

천장에는 가로로 긴 줄이 하나 쳐져 있으며 거기에는 줄에 묶인 여러 개의 조그만 가죽 주머니가 주렁주렁 매달려 있었다.

그 가죽 주머니에는 주소옥이 그동안 만든 여러 종류의 환약(丸藥)이 들어 있다.

절곡 내에서 채취한 특이하고도 놀라운 성분과 효능의 약초들을 굽고 덖고 또 빻은 후에 일일이 손바닥으로 동글동글하게 만들어 가죽 주머니에 담았다.

이곳에서는 쾌도비에게 비쾌법을 가르치는 것 말고는 딱히 할 일도 없으며 또 밖에 나가면 유사시에 필요하게 될지도 몰라서 만든 것이다.

동굴 한쪽에는 그녀를 위해서 쾌도비가 돌을 깎고 다듬어서 만들어준 여러 종류의 돌그릇이 질서 있게 놓여 있다. 그 중에는 약초를 굽거나 덖는 용기는 물론이고 돌절구도 눈에 띄었다.

"웅……."

요즘 들어 주소옥의 잠버릇이 조금 바뀌었다. 잘 때는 쾌도비의 품속에 안겨서 얌전하게 잠이 드는데, 깨어날 때 보면 꼭 그의 몸 위에 엎드리거나 누운 자세가 되어 있다.

오늘은 엎드린 자세에서 잠이 깨어 마치 아기고양이 같은 신음 소리를 냈다.

쾌도비 몸 위에 엎드려서 잘 때면 그의 가슴에 뺨을 대고 두 팔로는 가슴을 꼭 끌어안으며, 두 다리를 활짝 벌려서 양쪽 발끝을 그의 궁둥이 밑에 넣어 끌어안는 자세를 취하는 것이 기본이다.

그러면서도 그녀는 반드시 쾌도비가 두 팔로 자신을 꼭 안아주기를 원한다.

쾌도비는 팔이 매우 길기 때문에 잘 때는 두 손이 그녀의 등을 안지만 깰 때는 두 손이 둔부를 한 쪽씩 붙잡고 있기 일쑤다.

그것은 오늘도 변함이 없다. 그리고 오늘도 힘차게 성난 괴물이 한껏 벌어진 그녀의 계곡을 힘차게 찌르고 있다. 그래도 그녀는 그러려니 아무렇지도 않은가 보다.

"우웅……."

주소옥은 팔을 한껏 뻗어 기지개를 켜고 나서 두 손으로 쾌도비의 가슴을 짚고 상체를 일으켜 앉았다.

그런 자세가 되니까 괴물의 단단한 끝이 그녀의 옥문을 강하게 찌르고 있지만 그녀는 개의치 않았다.

괴물이 옥문으로 저절로 삽입되는 일은 벌어지지 않을 것이라고 확신하기 때문이다.

그러기에는 괴물이 너무 굵고 옥문은 너무 협소했다. 그러므로 그녀의 헌신적인 협조 없이는 절대로 삽입되지 않을 것이다.

그녀는 그대로 상체를 꼿꼿하게 세운 채 물끄러미 쾌도비의 자는 얼굴을 굽어보았다.

쾌도비는 틈틈이 비도쾌로 면도를 하지만 지금은 며칠째 면도를 하지 않아서 수염이 덥수룩한 모습이다.

또르르…….

땀 한 방울이 주소옥의 뺨을 타고 흘러내리다가 뚝 떨어지자 그녀는 퍼뜩 정신을 차리고 일어섰다.

第三十四章

인일폐식(因噎廢食)
―목이 메어 밥을 먹지·못한다

"틀렸다."

딱!

주소옥의 꾸지람과 동시에 단단한 막대기가 쾌도비의 머리를 내려쳤다.

그녀는 쾌도비에게 업혀 있으며, 그가 두 손을 자유롭게 사용하고 움직일 수 있도록 두 사람은 천으로 꽁꽁 묶여 있는 상태다.

그가 이리저리 움직이기 때문에 그것을 따라다니기 힘든 그녀가 아예 업혀서 가르치고 있는 것이다.

지금 쾌도비는 주소옥의 엄격한 지도 아래 비쾌법 제이초식 고금제일도를 연마하고 있는 중이다.

열흘 전에 고금제일도를 전개하기 위한 전반부, 즉 구결을 운용하는 방법은 다 끝냈으며, 오늘부터는 체내에서 완성한 구결 운용을 몸 밖으로 끌어내서 동작으로 완성하는 수련을 하고 있다.

주소옥의 설명에 의하면 비쾌법 제일초식 천지무쌍쾌는 하늘 아래 가장 강력한 도강의 발출이다.

그리고 제이초식 고금제일도는 천지무쌍쾌로 터득한 도강으로 어떠한 표적이라도 정확하고 또 빠르게 명중시키는 수법이다.

그러므로 천지무쌍쾌를 완전히 터득하지 않고는 고금제일도를 배울 수가 없는 것이다. 그래서 쾌도비는 고금제일도 역시 동작까지만 배우고 있다. 천지무쌍쾌를 아직 완성하지 못했기 때문이다.

학문이 부족한 그가 천지무쌍쾌보다 한층 난해한 고금제일도를 이해하고 운용하는 것은 매우 어려웠으나 주소옥이 워낙 쉽게 풀이해서 설명해 주었기에 극복할 수 있었다.

하지만 동작은 그녀로서도 도울 수가 없으며 순전히 그 혼자 능력으로 터득해야만 한다.

"또 틀렸어."

딱!

업혀 있는 주소옥은 동작이 틀릴 때마다 손에 쥐고 있는 한 자 남짓한 막대기로 그의 머리를 호되게 갈겼다.

학식이 부족할 뿐이지 기억력이나 총명함으로 따진다면 쾌도비도 주소옥 못지않다.

더구나 그는 한 번 스치듯이 본 것만으로도 그 동작을 완벽하게 재현해 내는 능력이 있다.

그러나 이건 근본적으로 차원이 다르다. 그가 생각하기에 이것은 뭔가 잘못된 것이 분명하다.

어쩌면 아예 처음부터 불가능한 일에 매달리고 있을지도 모른다는 생각마저 들었다.

"이게 가능하기는 한 것이오?"

그는 뚝 동작을 멈추고 중얼거렸다.

딱!

"내가 안 되는 것을 가르치겠느냐?"

어김없이 주소옥의 불호령과 막대기가 그의 머리통에 작열했다.

그녀는 틈틈이 비쾌법 전체 삼 초식의 구결과 운용 방법에 대해서 꾸준히 궁리하고 연구했었다.

그녀의 이론대로 한다면 이런 식의 가르침이 절대로 틀렸을 리가 없다.

또한 쾌도비가 비쾌법 삼 초식을 전부 터득했을 경우에는 천하에서 대적할 인물이 드물 것이라고 확신했다. 물론 그런 얘기는 쾌도비에게 해주지 않았다.

쾌도비의 전면 이 장 반 거리에는 하나의 길쭉한 바위가 서 있으며 지금 그것을 표적으로 삼고 있다.

그런데 그의 표적은 바위의 정면이 아니라 왼쪽 옆면이다. 옆면은 그에게서 보이지도 않는데 그걸 표적으로 삼고 있는 것이다.

고금제일도는 보이는 표적은 물론, 보이지 않는, 즉 엄폐물에 가려져 있거나 매우 멀리 있는 표적을 찰나지간에 도강으로 적중시키는 초상승수법이다.

이 수법이 정말로 가능하다면 적이 제아무리 꼭꼭 숨어 있다고 해도, 그리고 아무리 먼 곳에 있다고 해도 눈 한 번 깜빡이기 전에 해치울 수가 있다.

그렇지만 그것은 말도 안 될 만큼 어려운 고금제일도를 터득했을 때의 얘기다.

등 뒤에서 주소옥의 냉랭한 목소리가 들렸다.

"제삼변(三變) 칠 환(七還)을 운용하여 체내에서 도강을 먼저 비틀라고 하지 않았느냐? 동작은 그다음이다."

무공을 가르칠 때만큼은 그녀는 추호도 아름답지도 귀엽지도 않았다. 천하에 그녀처럼 가혹하고 엄격한 스승은 둘도 없을 터이다.

"체내에서 그것이 선행(先行)되지도 않았는데 어찌 동작이 이루어지겠느냐?"

그 즉시 매가 날아들었다.

딱!

"어서 해라!"

머리에 철퇴를 맞아도 끄떡하지 않는 쾌도비지만 자꾸 맞으니까 기분이 나빠져서 불끈했다.

"한 번만 더 때리면……."

"어쩌겠느냐?"

주소옥의 목소리에서 얼음가루가 풀풀 날렸다.

쾌도비는 끙! 하고 속으로 억눌렀다.

"말 잘 듣겠소."

"오냐. 그래야지."

딱!

"방금 때린 것은 뭐요?"

"한 번만 더 때리면 말을 잘 듣겠다면서?"

"끙……."

속으로 토해낼 신음이 밖으로 터져 나왔다.

주소옥이 방금 말한 것처럼, 쾌도비가 지금 표적으로 삼고 있는 바위의 보이지 않는 옆면을 가격하는 방법은 고금제일도의 제삼변 칠 환을 운용하여 체내에서 공력을 휘게 만들어야 한다.

즉, 표적의 거리와 각도, 위치 등을 정확하게 계산하여 체내에서 미리 공력을 휘게 만들어 그것을 몸 밖으로 발출하는 순간 똑같은 동작을 취하여 비도쾌를 통해서 도강을 뿜어낸다는 이론이다.

고금제일도의 구결에는 총 십이 변과 백이십 환이 있다. 한 개의 변에 열 개의 환이 들어 있는 셈이다.

그 각자의 변과 환을 적절하게 운용하여 체내에서 공력을 전후좌우 혹은 먼 곳으로 휘어지게 만든다는 것이다.

"흠!"

쾌도비는 오른손에 비도쾌를 쥐고 우뚝 서서 호흡을 고르며 마음을 가라앉혔다.

'제삼변 칠 환……'

제삼변 칠 환의 원리를 머릿속으로 떠올리면서 공력을 도강으로 만들었다가 다시 휘어지게 했다.

'그게 아니다.'

그러다가 곧 생각을 바꿨다. 지금까지 계속 그래왔지만 번번이 실패했었으니 또다시 그렇게 하면 실패할 것은 당연하다는 생각이 들었다.

'머리로 생각하는 것이 아니다.'

골똘히 생각하다가 그만두었다.

'생각하는 것 자체가 머리로 하는 것이다. 그렇다면 머리가 아닌 가슴으로…….'

문득 떠오른 것이 있다. 가슴은 곧 마음이다. 적과 싸울 때 머리로 계산하고 머리로 생각하면 패한다. 그러나 마음이 가는대로 초식을 전개하면 이긴다.

그것은 머리로 계산을 하는 것보다는 마음이 훨씬 빠르다는 것이다.

도대체 어떤 방법으로 제삼변 칠 환의 구결을 마음에 새겨 넣어서 운용할 것인가는 생각하지 않기로 했다. 그 자체가 생각이니까 말이다.

'마음에 넣는다.'

그것이면 족하다.

스으…….

태산처럼 서 있던 쾌도비가 불현듯 움직이기 시작했다. 아니, 그가 움직이는 것이 아니다.

제삼변 칠 환을 마음에 새겼더니 체내의 공력을 기묘하게 휘어지게 하는 것과 동시에 이번에는 그것이 저절로 몸을 움직이게 하고 있다.

허리가 굽혀지고 상체가 비스듬히 오른쪽으로 꺾이는 듯하더니 비도쾌를 쥔 오른손 팔꿈치가 안으로 구부러졌다가

스스로의 옆구리를 베는 듯 스쳐 지나면서 반원을 그리며 밖
으로 뻗어나가 뿌려졌다.

후웅…….

그리고는 마치 거문고의 가장 굵은 줄을 세게 퉁겼을 때 뒤
에 남는 여운과 같은 은은한 음향이 흘렀다.

파아—

그와 동시에 일 장 반 거리에 우뚝 서 있던 바위의 목 부위
가 뎅겅 잘라져 나갔다.

쾌도비는 비도쾌를 앞으로 뻗은 자세 그대로 굳어버린 채
매끄럽게 잘려 나간 바위를 우두커니 넋 나간 표정으로 바라
보았다.

'도기가 아니라 도강이 발출되었다.'

도기는 비도쾌의 색깔을 닮아 검푸른색이지만 방금 발출
된 것은 무형이라 아예 보이지도 않았다. 그러므로 도강이 분
명했다.

워낙 찰나지간에 잘려졌기 때문에 바위의 어느 부위에 적
중되었는지는 보지 못했다.

그러나 잘려 나간 바위의 윗부분이 오른쪽으로 떨어진 것
을 보면 왼쪽 옆면에 적중된 것이 분명하다.

"와아아! 해냈어! 나는 네가 해낼 줄 알았어!"

딱딱딱딱딱!

한참이 지난 후에야 정신을 차린 주소옥은 너무 기쁜 나머지 환호성을 지르면서 막대기로 쾌도비의 머리를 미친 듯이 두드렸다. 하지만 그는 조금도 아프지 않았다.

"어떻게 한 거야?"

주소옥의 물음에 그는 빙그레 미소 지었다.

"마음으로 했소."

"마음?"

총명한 그녀도 무슨 뜻인지 알 수가 없다.

"마음이라니?"

"제삼변 칠 환을 마음에 새겨 넣었소."

"아……."

"머리로 하는 것이 아니라 마음으로 하니까 됩디다."

"그렇구나……."

이론에는 훤하지만 실용적인 면에서는 문외한인 그녀는 어떤 깨달음에 고개를 끄떡였다.

"나는 동작만 제대로 하라고 시켰는데 도강까지 발출하다니… 방금 그것 도강 맞지?"

"그런 것 같소."

"몸은 다 나은 거야?"

"도강을 발출한 걸 보면 다 나은 것 같소."

쾌도비는 덤덤한데 오히려 주소옥이 크게 흥분했다.

"그럼 무쌍쾌 한 번 전개해 봐!"

비쾌법 이 초식인 고금제일도를 전개했으니 일 초식 천지무쌍쾌는 당연히 전개할 수 있을 것이라 짐작했다.

쾌도비는 주위를 둘러보다가 삼 장 거리의 한 그루 거목을 발견하고 그것을 표적으로 삼았다.

조금 전 고금제일도를 전개할 때하고는 또 다른 긴장감과 흥분이 그의 전신을 휘감았다.

그는 여태까지 쾌도식 하나만 갖고 강호를 주유했었고 이류 탈명도라는 별호를 얻었었다.

그런데 이제 막강한 오른팔을 사용하여 비쾌법 일 초식 천지무쌍쾌와 이 초식 고금제일도를 터득했다는 생각을 하자 가슴이 부풀고 온몸의 피가 요동치는 것 같았다.

그는 거목을 뚫어지게 주시하면서 체내에서 천지무쌍쾌의 구결에 따라서 공력을 운용했다.

슥…….

이어서 오른팔을 천천히 머리 위로 들어 올리면서 도강으로 전환됐을 것이라고 확신하는 기운을 비도쾌에 가득 주입시키는 것과 동시에 빠르고도 강력하게 거목을 향해 비도쾌를 그어 내렸다.

고오오—

퍼어… 쩍… 쩌쩡…….

모든 것은 한순간에 벌어지고 끝났다. 멀고 먼 북국에서 겨울 삭풍이 휘몰아치는 듯한 아련한 음향과 함께 뭔가 뚫고 부수는 음향들이 동시에 터졌다.

쾌도비와 주소옥은 멍한 얼굴로 눈앞에 펼쳐진 광경을 바라보았다.

주소옥은 물론이고 쾌도비조차도 비도쾌에서 무엇이 발출되었는지 보지 못했다.

표적으로 삼았던 거목의 가슴 높이에는 주먹만 한 구멍이 뻥 뚫려 있었다.

눈에 보이지도 않았던 그 무엇이, 즉 도강이 구멍을 뚫은 것이 분명했다.

저벅…….

쾌도비는 천천히 걸음을 옮겼다. 그는 구멍이 뚫어진 거목의 뒤에 벌어졌을 상황이 궁금했다.

강력한 도강은 거목을 마치 종잇장처럼 간단하게 뚫었으니 그 뒤에 무언가 있다면 그것마저 뚫거나 부쉈을 것이기 때문이다.

우지직…….

그가 거목을 지나칠 때 거목 뒤 반 장 거리에 있던 아름드리나무 하나가 통째로 부러져서 옆으로 쓰러지고 있었다. 도강이 옆을 뚫었는데 위쪽의 무게를 견디지 못하고 쓰러지는 것이다.

쾌도비는 계속 걸어갔다. 그 뒤로는 나무들이 있지만 도강에 적중되지 않아서 무사했다.

그리고 칠 장쯤 뒤쪽에 집채만 한 바위 하나가 버티고 서 있으며 쾌도비와 주소옥의 시선은 거기에 고정되었다.

쾌도비는 바위의 가슴 높이에 역시 주먹 크기의 구멍을 발견하고 숨을 죽인 채 다가갔다.

그 구멍을 통해서 바위 뒤쪽의 극히 부분적인 모습이 보였으며 과연 바위의 두께가 얼마나 되는지 궁금했다.

바위 옆을 지나치면서 그는 눈이 점점 커졌다. 한 걸음, 두 걸음, 세 걸음… 도합 여섯 걸음이다.

최소한 일 장 반 두께의 단단한 바위가 여지없이 앞뒤로 관통되어 버렸다. 그것도 나무 두 그루를 관통한 도강에 의해서 말이다.

쾌도비는 자신이 전개한 천지무쌍쾌의 위력에 놀라서 천천히 걸어가는 두 다리가 후들거렸다.

도강은 나무 한 그루를 더 관통한 후에 최초 쾌도비가 있던 곳에서 이십여 장 거리에 있는 어느 바위에 틀어박혀 두 뼘 깊이의 구멍을 만들어놓고는 소멸했다.

"허어……."

너무 놀란 나머지 기막히다는 표정을 짓고 있는 쾌도비의 입에서 한숨이 흘러나왔다.

　스륵…….

　그는 묶었던 줄을 풀어 주소옥을 내려놓았다. 그리고 그녀를 앞에 세우고 물끄러미 굽어보다가 천천히 품에 안고 나직하게 속삭였다.

　"공주, 고맙소."

　"나는 네가 해낼 줄 알았어……."

　주소옥은 눈물을 흘려 그의 가슴을 적시며 가늘게 몸을 떨었다. 그녀의 기쁨은 쾌도비 이상이다.

　그동안 각고의 노력이 마침내 결실을 맺었으니 어찌 기쁘지 않겠는가.

　그녀는 이날까지 살아오면서 지금 이 순간처럼 기뻤던 적은 없었던 것 같았다.

　그녀는 두 팔로 쾌도비의 등을 꼭 안았고, 그 역시 그녀를 안고 오랫동안 가만히 있었다.

　쾌도비는 암벽을 마주하고 천지무쌍쾌와 고금제일도를 연마하고 있는 중이다.

　그리고 멀지 않은 곳 온천의 가장자리 얕은 물속에는 주소옥이 바위에 앉아서 온천욕을 즐기고 있다.

　그녀는 따뜻한 온천수를 손으로 떠서 어깨와 가슴에 뿌리며 흐뭇한 표정으로 쾌도비를 바라보았다.

쾌도비는 구슬땀을 흘리며 오 장 거리의 암벽을 향해 연신 비도쾌를 휘둘렀다.

천지무쌍쾌는 열 번쯤 전개하다가 그만두었다. 도강이 암벽에 적중되는 쩡! 쩡! 하는 소리가 너무 크고 메아리가 울려 퍼지기 때문이다.

혹시 그 소리를 추격대가 듣기라도 한다면 괜히 벌집을 건드리는 꼴이다.

그렇다고 해서 고금제일도를 제대로 연마할 수 있는 것도 아니다.

절곡 내를 돌아다니면서 바위란 바위는 죄다 잘라놓은 탓에 이제는 더 이상 표적으로 삼을 바위가 남아 있지 않아서 암벽에 대고 연마를 하고 있는 것이다.

"그렇게 해서 제일도 연마가 되겠어?"

주소옥이 나른한 목소리로 참견을 했다. 그녀는 고금제일도 뒤의 세 글자만 따서 제일도라고 하고 천지무쌍쾌는 무쌍쾌, 삼라만상비는 만상비라고 한다.

그녀의 말은 보이지 않는 표적을 적중시켜야 하는 것이 고금제일도의 특성인데, 벽처럼 평평한 암벽에 대고 수련이 되겠느냐는 뜻이다.

후웅······.

파아아…….

그러나 쾌도비는 대꾸하지 않고 묵묵히 비도쾌를 휘두르며 연마를 계속했다.

주소옥은 암벽에 새겨진 여러 모양의 흔적을 자세히 살펴보지 않아서 모르고 있다.

쾌도비가 벽처럼 평평한 암벽을 대하고는 있지만 실제로는 좌우와 뒤쪽, 그리고 매우 먼 거리 등을 연상하면서 연마하고 있다는 사실을 말이다.

그 증거로 암벽의 새겨진 흔적들을 보면 알 수 있다. 어느 것은 왼쪽에서, 또 어떤 것은 오른쪽에서 암벽을 파고들어 구멍을 뚫었거나 아니면 벤 흔적이다.

위에서 아래로 곤두박질치듯이, 혹은 아래에서 위로 솟아오르듯이 그어지거나 뚫린 흔적들은 표적의 뒤쪽을 겨냥했거나 매우 먼 거리의 표적을 연상하면서 고금제일도를 전개한 것이다.

뿐만 아니라 쾌도비가 고금제일도를 전개하는 동작도 많이 개선되었다.

처음에는 도강의 휘는 정도에 따라서 몸을 심할 정도로 많이 비틀고 동작도 매우 컸으나 지금은 단지 오른팔만을 이리저리 비틀면서 전개하고 있다.

"내일부터 삼 초식을 시작하자."

주소옥이 하는 말에 막 초식을 전개하려던 쾌도비는 동작을 뚝 멈추고 그녀를 돌아보았다.

"그래도 되겠소?"

낙양 천절문까지 갈 길이 바쁜데 이곳에서 계속 무공연마만 해도 되겠느냐는 뜻이다.

정확한 날짜는 알 수 없지만 쾌도비가 천지무쌍쾌를 터득하는 데 두어 달쯤 걸렸으며 고금제일도는 서너 달 이상 소요된 것 같았다.

그런데 삼 초식 삼라만상비까지 터득하려면 최소한 대여섯 달은 더 허비해야 할 것이다. 그만큼 낙양행이 더 늦어지게 될 것이다.

"내일쯤 출발합시다."

쾌도비로서는 비쾌법 삼 초식까지 모두 배우고 싶은 마음이 굴뚝같다.

그러나 자신의 욕심만 채울 수는 없다. 그렇지 않아도 가족과 친지들을 위해서 자신을 희생하러 천절문에 가고 있는 그녀에게 쾌도비를 위해서 자꾸만 더 큰 희생을 강요할 수는 없는 일이다.

"무쌍쾌와 제일도만으로도 충분하오."

그는 주소옥에게 걸어가면서 말했다. 그도 어느덧 그녀처럼 무쌍쾌, 제일도라고 말하고 있다.

"너 말이야. 지금 실력으로 흑창사비 용연풍을 이길 수 있을 것 같아?"

주소옥의 정곡을 찌르는 말에 쾌도비는 얼굴이 굳어지며 대답을 하지 못했다.

그녀의 말에 의하면 그 당시 용연풍은 쾌도비의 오른손에 맞아서 한동안 절벽 위에 쓰러져 있다가 비틀거리면서 사라졌었다고 했다.

용연풍은 그 정도로는 죽지 않았을 것이다. 육비의 한 명인 그가 그처럼 간단하게 죽었을 리가 없다.

만약 쾌도비가 그와 다시 마주친다면 솔직히 어떤 결과가 나올는지 예상하지 못한다.

용연풍 정도는 능히 이길 수 있다고 자신만만하게 말하고 싶지만 그럴 수가 없다.

그 당시에 쾌도비가 용연풍에게 너무도 무참하게 그리고 허무하게 당했기 때문이다.

"이리 들어와 봐."

첨벙……

주소옥 말에 쾌도비는 비도쾌를 바위에 내려놓고 온천수로 들어가 그녀 옆 바위에 앉았다.

"내 말 잘 들어봐."

그녀는 쾌도비 허벅지 위에 그와 마주 보는 자세로 앉아서 흰 손가락을 세워 그의 가슴을 콕콕 찔렀다.

"용연풍이 문제가 아냐. 만약 용연풍보다 더 강한 자가 나타나거나 무극사신 위의 등급들이 가로막으면 어떻게 하지? 그들을 물리칠 자신 있어?"

그녀의 말이 옳다. 육비의 용연풍이 나타났다면 다른 다섯 명 중에 누구라도 나타날 수 있는 것이다.

그리고 무극사신이 팔신궁 휘하이므로 그들만으로 주소옥을 죽이지 못한다면 더 강한 위의 등급들이 등장할 것은 기정사실이다.

쾌도비가 대답을 못 하고 가만히 있으니까 주소옥은 그의 가슴을 쓰다듬으며 다독였다.

"청산(靑山)이 푸른 한 땔감 걱정은 하지 말라는 옛말이 있어. 우리가 갖고 있는 유일한 강점은 시간뿐이야. 그걸 잘 이용해야 돼."

그녀가 청산 운운한 말은 복수에 대한 옛말인데 지금 상황에 갖다 붙였다.

말하자면 섣불리 움직이다가 죽느니 늦게라도 살아서 천절문에 가기만 하면 된다는 뜻일 게다.

쾌도비는 아무 말도 하지 않고 물끄러미 그녀를 응시했다. 그녀는 자신이 천절문에 가는 일만 얘기하고 있지만 실상은 그를 더욱 고강하게 만들어주려는 것이다. 그가 그것을 모를

리 없다.

쾌도비로서는 그녀의 뜻을 꺾지 않으면서 또한 하루라도 빨리 천절문에 도착하는 방법을 찾아야 한다.

"이렇게 합시다."

쾌도비의 말에 주소옥은 불안한 표정을 지었다. 뭔가 좋지 않은 말을 할 것 같았다.

"삼 초식은 가는 길에 배우는 게 좋겠소."

"그게 말이 돼? 상황이 어떻게 될지도 모르는데 무얼 어떻게 배운다는 거야? 만상비를 육합권(六合拳)쯤으로 생각하고 있는 거야?"

쾌도비가 가는 길에 배운다고 한 것은 배우지 않겠다고 한 것이나 마찬가지다.

욕심을 부리면 한도 끝도 없다. 어떻게든 이곳을 떠나게 하려고 해본 말이다.

"천절문에는 가지 않을 생각이오?"

그는 결국 그렇게 말해 버렸다.

주소옥은 움찔하더니 착잡한 표정으로 굳어버렸다.

"황제가 내일이라도 남령부를 토벌할지 모르는 일 아니오?"

내친김에 그는 한 걸음 더 나갔다.

"내게 삼라만상비를 가르치는 것과 남령부 모든 식솔의 목숨하고 어느 것이 중요하오?"

그녀는 바르르 가녀린 몸을 떨며 아무 말도 하지 못했다.

금세 그녀의 커다란 두 눈에 눈물이 가득 고이더니 뺨을 타고 흘러내렸다.

"나한테는 둘 다 중요해……."

"뭐요?"

그녀의 말에 쾌도비는 기가 막힌다는 표정을 지었다.

그녀는 쾌도비의 품에 안겨서 더욱 몸을 떨었다.

"지금 아니면 내가 언제 쾌도비에게 받은 은혜를 갚을 수가 있겠어……."

"……."

쾌도비는 움찔했다.

"가는 도중에 내가 죽거나 아니면 천절문에 무사히 도착하면 쾌도비하고는 영영 이별인데… 너에게 입은 그 큰 은혜는 어떻게 갚으라는 거야……."

그녀는 두 팔로 쾌도비를 꼭 끌어안고 얼굴을 그의 가슴에 비볐다.

"나더러 어떻게 하라는 거야……."

그는 비로소 주소옥의 깊은 마음을 알게 되었다. 그녀는 앞일까지 미리 생각하고 있었던 것이다.

자신이 추격대에게 죽거나 아니면 천절문에 무사히 도착

하고 나면 쾌도비하고는 헤어질 텐데, 그럼 죽을 때까지 다시는 만나지 못할 텐데 그에게 받았던 은혜를 어떻게 갚느냐는 것이다.

그러니까 삼라만상비까지 마저 가르쳐야 마음이 조금이라도 놓인다는 뜻이다.

쾌도비는 부드럽게 그녀의 등을 쓰다듬었다.

"은혜는 이미 갚고도 넘치니까 마음에 두지 마시오."

처음에는 창룡도와 비도쾌를 받은 것에 대한 대가를 지불한다는 생각으로 그녀의 호위무사가 됐었다.

이후에는 그녀와의 약속 때문에 그림자처럼 그녀 곁을 지키면서 수많은 고비를 넘겼었다. 그러면서 대가니 희생, 은혜 같은 것들을 차츰 잊어버렸다.

그녀와 친밀해질수록 그런 것들을 더 빠르게 망각했다. 그리고 나중에는 아무런 조건 없이 나 자신보다 더 소중하게 그녀를 대하고 위했었다.

"나 같은 놈을 그처럼 잘 대해준 사람은 태어나서 공주가 처음이었소."

주소옥은 그를 꼭 안은 채 눈물범벅인 얼굴을 들어 그의 얼굴을 올려다보았다.

"공주와 함께 있는 동안 행복했었소. 내가 받은 그 은혜는 어쩌겠소? 그러니 은혜에 대해서는 말하지 마시오."

"바보……."

그녀는 다시 그의 가슴에 얼굴을 묻고 흐느꼈다.

"너는 바보야……."

쾌도비는 그녀의 깊은 뜻까지는 헤아리지 못하고 부드럽게 그녀의 등을 쓰다듬었다.

"지금은 어떻게 하면 무사히 천절문에 도착할 수 있을 것인가만 생각합시다."

"정말 그걸로 괜찮겠어?"

"무슨 뜻이오?"

그녀는 그의 가슴에 뺨을 대고 조용히 읊조렸다.

"천절문에 도착해서 나랑 헤어지는 거… 그리고 헤어지고 나서 괜찮겠느냐고 묻는 거야."

"……."

쾌도비는 갑자기 둔기로 머리를 호되게 얻어맞은 것처럼 멍한 기분이 들었다.

언젠가는, 아니, 천절문에 무사히 도착하면 주소옥하고 헤어질 것이라고 막연하게나마 생각은 했었지만 그것에 대해서 진지하게 생각해 본 적은 없었다.

그는 현실에 살고 눈앞의 일에 충실한 사람이라서 먼 미래 같은 것은 별로 비중 있게 생각하지 않는 성격이다.

그러나 지금 주소옥의 말을 듣고 그녀와의 이별을 생각해

보니 갑자기 가슴이 뻥 뚫린 것 같았다.

'뭐지? 이런 기분이라니…….'

지금껏 단 한 번도 느껴보지 못했던 기분에 그는 조금 당황스러웠다.

그는 비로소 지금에서야 주소옥하고 헤어진다는 생각을 냉정하게 해보았다.

그렇지만 실감이 나지 않았다. 그녀하고는 천년 만년 같이 있을 것만 같았기 때문이다.

그러나 그것뿐이다. 지금으로썬 가슴이 뻥 뚫려서 그 구멍으로 서늘한 바람이 지나가는 것 같고 머리를 쇠망치로 얻어맞은 것 같은 느낌이 전부다. 더 복잡한 것들은 아직 폐부 깊숙한 곳에 잠재되어 있는 상태다.

그리고 그는 잡초처럼 강인하므로 어떠한 난관이라도 극복할 수 있다. 실제 지금까지 그렇게 살아왔었다.

주소옥과의 이별이 조금 허전하거나 쓸쓸해질 수도 있겠지만 여태까지 그래왔던 것처럼 잘 견뎌낼 수 있을 것이라고 생각했다.

"그게 뭐 어떻다는 거요?"

쾌도비는 방금 자신이 충격을 받았다는 사실을 감추기라도 하듯 애써 태연을 가장했다.

"넌… 아무렇지도 않아?"

“그렇소.”

“정말 너…….”

주소옥은 그의 가슴에서 얼굴을 떼고 안았던 팔을 풀며 어이없다는 표정으로 그를 올려다보았다.

“만남이 있으면 이별도 있는 것이오.”

척!

그녀는 두 손으로 쾌도비의 양쪽 뺨을 잡고 그의 얼굴을 들여다보듯 바라보았다.

“나를 똑바로 쳐다보면서 다시 말해봐.”

순간적으로 쾌도비의 눈동자가 이리저리 흔들렸다.

“똑바로 쳐다보라고 나를!”

그녀는 깊은 물에 빠져서 미친 듯이 허우적거리는 것 같은 기분이다.

그가 자신을 똑바로 주시하자 그녀는 그의 눈을 들여다보며 재차 물었다.

“우리가 헤어진다고 해도 넌 정말 아무렇지도 않을 자신이 있어?”

“물론이오.”

쾌도비는 한마디 덧붙였다.

“헤어진다고 해서 꼭 무슨 일이 있어야만 하오?”

눈물이 가득 찬 그녀의 눈이 마구 흔들리는 모습을 보는 것은 참으로 견디기 어려운 일이다.

"우린 남매도 친구도 혈족도 아니오."

그러나 그는 더욱 냉정하게 말했다.

"그리고… 부부는 더욱 아니란 말이지?"

"그렇소. 그러니 헤어진다고 해서 무슨 일이 있겠소?"

"너……."

그녀의 두 눈에 가득 찼던 눈물이 쏟아지기 시작했다.

"이 나쁜 자식……."

그녀의 희고 앙증맞은 주먹이 그의 가슴을 콩콩 두드렸다.

쾌도비는 그냥 묵묵히 가만히 있었다. 그러면서 그녀가 한 대씩 때릴 때마다 그녀와의 수많았던 추억들이 하나씩 부서져 흩어지기를 원했다.

第三十五章

극구광음(隙駒光陰)

—달리는 말을 문틈으로 보다

아까 온천수 안에서의 대화 이후 두 사람 사이에 대화가 단절됐다.

쾌도비는 아무렇지 않은데, 아니, 아무렇지 않으려고 애쓰는데 주소옥은 그러지 못했다.

그녀는 화나는 일이 있거나 즐거운 것 따위를 속에 억눌러 두지 못하는 성격이다.

그런데 지금 그녀는 화가 나거나 무척 상심한 것 같기도 한 모습을 한 채 도무지 쾌도비 근처에 가까이 다가오지를 않는다.

평소 같으면 지금쯤 약초를 캐러 가야 할 때인데도 온천 건너편 바위에 앉아서 물끄러미 먼 곳만 바라보고 있다.

약초를 채취할 때는 혼자 못 가기 때문에 항상 쾌도비와 함께 가서 그가 무공 연마를 하고 있는 동안 그녀는 주변에서 약초를 채취하곤 했었다.

어제까지만 해도, 아니, 아까 두어 시진 전까지만 해도 두 사람은 어린 부부인 양 화기애애했었는데 지금은 타인처럼 멀어져 버렸다.

쾌도비는 암벽을 마주한 상태에서 고금제일도를 연마하고 있지만 마음은 온통 주소옥에게 가 있다.

그는 남녀 간의 일은 숙맥이라서 주소옥의 지금 심정을 헤아리는 것이 쉽지가 않다.

아마도 쾌도비에게 정이 들어서 그러는 것일 게다. 깊은 정이 들면 들수록 헤어지기가 힘겨워진다.

그래서 쾌도비는 누군가와 정이 드는 것을 꺼려했었다. 특히 여자는 더욱 그렇다. 하지만 주소옥하고 이렇게 된 것을 후회하지는 않는다.

그녀가 정이 들었다면 쾌도비라고 어찌 그녀에게 정이 들지 않았겠는가.

세상에 태어나서 십팔 년 동안 살아오면서 누나 이외의 사람과 이처럼 깊은 정이 들기는 주소옥이 처음이다.

파팍!

그는 암벽에 마지막 초식을 전개하고는 비도쾌를 거두고 주소옥을 돌아보았다.

그녀는 아까 반 시진 전에 봤을 때와 똑같은 자세로 하염없이 먼 곳을 바라보고 있었다.

늘 쾌도비 주위를 맴돌면서 이것저것 참견을 하거나 훈계를 하던 그녀가 오랫동안 침묵을 지키고 있으니까 영판 딴사람인 것만 같다.

그녀가 저러고 있는 모습을 봐야 하는 쾌도비도 마음이 편하지 않았다.

그는 무슨 일이든 참고 견딜 수 있는데, 그녀가 마음을 다치고 깊은 상심에 빠졌을까 봐 그게 신경이 쓰였다.

쾌도비는 새끼 사슴 한 마리를 잡아서 불을 피워 노릇노릇하게 잘 구웠다.

이어서 어제 따두었던 야생 과일 여러 종류를 잘 씻어서 돌그릇에 가득 담아놓고 모닥불가에 두 사람이 앉을 자리를 마련한 후에 주소옥에게 성큼성큼 걸어갔다.

그가 일부러 발걸음 소리를 크게 내면서 다가가는데도 그녀는 쳐다보지도 않았다.

"뭐 좀 먹읍시다."

이곳에서는 하루에 아침과 저녁 두 끼만 먹는다. 세끼 다 차려 먹다가는 다른 일을 할 수가 없다.

배고픔이라면 절대로 참지 못하는 그녀이기에 저녁을 먹자고 하면 마지못해서 일어설 줄 알았는데 착각이다. 여전히 쾌도비에게 시선조차 주지 않았다.

쾌도비는 지금껏 누굴 위로하거나 달래주는 것을 한 번도 해본 적이 없었다.

그리고 그러는 것은 그의 성격에 맞지 않기도 했으나 주소옥에게만은 다르게 대했었다.

그녀가 지금 같은 모습을 보이기는 처음이지만, 쾌도비는 남의 비위를 맞추지 못하는 자신의 성격 같은 것은 아예 생각나지도 않았다.

지금도 상심한 그녀와 함께 저녁을 먹으면서 다시 대화를 하여 어색한 관계를 풀어야겠다는 생각만 할 뿐이다.

그런데 저녁을 먹자고 하는데도 배고픔을 참지 못하는 그녀가 여전히 꿈쩍도 하지 않는다.

쾌도비는 그것까지 염두에 두고 있었으므로 개의치 않고 그녀를 가볍게 번쩍 안아 들었다.

"뭐 하는 거야?"

그녀는 깜짝 놀라서 버둥거렸으나 쾌도비에게서 벗어날 수는 없다. 그는 주소옥을 모닥불가 미리 마련해 놓은 자리에 조심스럽게 앉히며 달랬다.

"화를 내더라도 먹고 나서 화내시오."

"내가 화난 줄 알아?"

그녀는 책상다리로 앉으면서 새침스럽게 종알거렸다.

"그럼 다행이오."

그는 고기의 잘 익은 부위를 비도쾌로 잘라서 나뭇가지에 꿰어 그녀에게 내밀었다.

그녀는 고기를 들고 가만히 생각에 잠기는 듯하다가 고기를 내려놓고 두 사람의 보금자리인 동굴로 가더니 잠시 후에 돌아왔는데 두 손에는 눈에 익은 자그만 항아리가 하나 들려 있었다.

일전에 그녀가 모양까지 그려가면서 주문을 해서 쾌도비가 만들어준 항아리인데 약초를 담아두는 용도로 사용할 것이라고 막연히 생각했었다.

그런데 그녀는 항아리를 쾌도비에게 불쑥 내밀었다. 그는 항아리를 엉겁결에 받아 들고 그녀를 쳐다보았다.

항아리 위에는 사슴 가죽으로 덮개가 되어 있는데 퀴퀴한 냄새가 흘러나왔다.

그에게서 뚝 떨어져 책상다리로 앉은 그녀는 고기를 집어 들며 말했다.

"마셔. 술이야."

"술?"

쾌도비는 적잖이 놀랐다. 그녀가 갖고 온 것이 술일 줄은 상상도 하지 못했다.

이런 절곡에서 술이라니, 바깥에 가서 구해왔을 리는 없고 아마도 그녀가 직접 만들었을 것이다.

"야생 과일에 야생 밀로 담근 거야. 책에서 본 대로 했는데 제대로 됐는지는 모르겠어."

그녀의 머릿속에는 세상의 지식이 전부 담겨 있으니 그것을 풀기만 하면 못하는 것이 없다.

이곳에 야생 과일들이 지천으로 자란다는 것은 알고 있었으나 야생 밀까지 있는 줄은 몰랐었고 그것으로 술까지 담글 줄은 더욱 몰랐다.

그가 너무 뜻밖이라서 항아리를 든 채 그녀를 쳐다보고 있자니까 그녀가 생뚱맞은 얼굴로 손을 내밀었다.

"마시기 싫으면 이리 줘. 내가 마실게."

"아니, 마시겠소."

쾌도비는 술을 좋아하지는 않지만 오늘 같은 날은 흠뻑 취하고 싶었다.

그는 항아리를 봉해놓은 가죽을 벗기고 벌컥벌컥 마셨다. 이런 곳에서 술을 마시게 될 줄은 몰랐기에 한 방울이라도 흘릴까 봐 신경을 쓰면서 마셨다.

주소옥은 그런 그를 바라보는데 입가에 자신도 모르게 미소가 피어났다.

"크으… 최고다!"

한참 만에야 입에서 항아리를 뗀 쾌도비는 엄지손가락을 치켜세우며 감탄했다. 입을 떼지도 않고 단숨에 이렇게 많은 술을 마시기는 처음이다.

술을 좋아하지 않아서 술맛은 잘 모르지만 과일 향기가 나면서 쌉싸름한 맛이 일품이다.

만약 세상의 술들이 이런 맛이라면 앞으로는 술꾼이 되고 싶을 정도다.

쾌도비가 항아리를 내밀자 주소옥은 두 손으로 들어 올려 마시려고 하는데 무거워서 팔이 바들바들 떨릴 뿐 술을 마실 수가 없다.

쾌도비는 일어서더니 주변에서 적당한 나뭇가지 하나를 잘라서 금세 뚝딱하고 국자처럼 생긴 나무 술잔을 하나 만들어서 내밀었다.

"흥!"

주소옥은 가볍게 코웃음을 치고는 나무 국자를 받아서 항아리에서 술을 떠서 마셨다.

술맛이 의외로 좋은지 한 모금 마신 그녀의 얼굴이 밝아지더니 나머지를 다 마시고 또 한 국자를 떠냈다.

정말로 과묵한 사람은 아무리 술을 마셔도 여전히 과묵하지만, 평소 종알거리는 사람은 술이 취하면 절대로 침묵하지 못한다.

항아리의 술은 보기보다는 꽤 많아서 바닥이 드러날 때쯤엔 쾌도비는 얼큰하게 취했으며 주소옥은 만취해서 혀가 꼬부라졌다.

"내가 왜 슬펐는지 알아?"

그녀는 술이 취해 흐트러진 자세와 풀어진 눈으로 쾌도비를 보며 딸꾹질을 했다.

쾌도비가 묻지 않았는데도 그녀가 먼저 실마리를 풀었다. 가만히 있으면 백 년이 지나도 쾌도비가 풀지 못할 일이니까 그녀 스스로 술김에 매듭을 풀려고 했다. 즉, 임갈굴정(臨渴掘井), 목마른 사람이 우물을 파는 것이다.

쾌도비는 비로소 그녀가 화가 났던 것이 아니라 슬퍼하고 있었다는 사실을 깨달았다.

"왜 슬펐소?"

"내가 너한테 아무런 존재도 아니라고 해서 하늘이 무너지는 것 같았어."

쇠심줄보다 더 질긴 자존심을 지닌 주소옥은 술이 취하지 않았으면 이런 말을 절대로 하지 않았을 것이다.

어쩌면 그녀는 이런 속내를 털어놓기 위해서 술을 마시자
고 했는지도 모른다.

"내가 그랬소?"

쾌도비는 그런 말을 한 기억이 없다.

"우리가 헤어져도 너는 아무렇지 않을 거라고 말했잖아."

취중에도 그 말을 하면서 주소옥은 다시 울기 시작했다. 아
무리 취해도 그 기억을 떠올리면 슬프기 때문이다.

두 사람이 그 오랜 시간 동안 한 몸처럼 붙어 지냈었는데
헤어져도 아무렇지 않을 거라니, 정말 하늘이 무너지는 충격
이었다.

"우리가 남매도 친구도 혈족도 아니기 때문에 헤어져도 아
무렇지 않을 거라고… 벌써 잊었어?"

쾌도비는 이별을 준비하려는 생각에 그리고 자신을 다독
이려고 그런 말을 했었는데 그게 주소옥에게 상처를 주게 될
줄은 몰랐었다.

"우리가 정말 아무것도 아니었어?"

그녀는 더 이상 딸꾹질을 하지 않고 비 오듯이 눈물을 흘리
며 쾌도비를 바라보았다.

쾌도비는 착잡한 얼굴로 고개를 가로저었다. 그도 더 이상
은 자신을 속일 수가 없게 되었다.

"아니오. 우린 특별한 관계요."

“그렇지?”

그녀의 눈물 젖은 두 눈이 기쁨으로 반짝였다.

모닥불이 꺼지고 빨간 숯불만 남았다. 슬픔이 사라지고 기쁨만 남은 주소옥의 얼굴이 불빛에 반사되어 더욱 고혹적으로 아름답게 빛났다.

“쾌도비.”

그녀는 눈물을 닦고 차분한 목소리로 말했다.

“너는 내가 세상에 태어나서 처음으로 사랑하게 된 남자야.”

“…….”

설마 그녀가 그런 말을 할 것이라곤 전혀 예상하지 못했던 쾌도비는 놀라서 눈을 동그랗게 떴다.

“너는 내 영혼의 남편이야.”

영혼의 남편. 그 말을 듣는 순간 쾌도비는 가슴이 먹먹해지고 울컥하고 뜨거운 것이 치밀어 올랐다.

주소옥이 그 정도까지 자신을 생각할 줄은 꿈에도 몰랐었다. 그러나 이제 돌이켜 보니까 정말로 그는 그녀의 남편처럼 행동했었다.

“네가 없으면 나는 아무것도 아냐.”

울먹이는 그녀의 말을 듣고 쾌도비는 그녀가 없으면 자신도 아무것도 아닐 것이라는 생각이 들었다.

“내 몸은 천절문주에게 있겠지만 내 마음은 언제나… 죽을 때까지 너와 함께 있을 거야.”

쾌도비는 뭐라고 말을 해야 하는데 목이 콱 막혀서 한마디도 나오지 않았다.

“몸뚱이는 아무것도 아니야. 마음이 없으면 몸뚱이는 한낱 고깃덩이에 지나지 않아.”

그녀는 두 손을 가슴에 모았다가 마치 소중한 것을 받드는 듯한 자세로 두 손을 다시 쾌도비에게 뻗었다.

“내 모든 마음을 너에게 주겠어.”

쾌도비는 머리와 가슴에서 뜨거운 물이 샘솟아 온몸을 흠뻑 적시는 듯한 기분이 들었다.

머리카락이 다 곤두서고, 가슴이 터질 것 같으며, 온몸이 불에 타는 것처럼 뜨거워졌다.

세상에서는 그것을 행복이라고 말한다. 그는 행복을, 그것도 이처럼 크나큰 행복을 처음 느끼고 있다.

쾌도비는 자신을 향해 뻗은 주소옥의 두 손을 이끌리듯 붙잡았다.

그녀는 일어나 쾌도비에게 다가와 그의 허벅지 위에 마주 보는 자세로 앉았다.

누가 먼저랄 것도 없이 두 사람의 입술이 포개지고 두 팔로, 아니, 온몸으로 서로를 힘껏 포옹했다.

쾌도비는 부드럽고 따뜻한 주소옥의 혀를 힘껏 빨면서 두 손으로 그녀의 온몸을 쓰다듬고 더듬었다.

그 어느 때보다도 크고 단단해진 음경이 강렬하게 옥문에 부딪쳤으나 단지 그것뿐이다.

두 사람은 동굴 안으로 자리를 옮겨 유희를 계속했다.

쾌도비는 그녀의 젖가슴을 빨고 옥문을 만지면서 흥분이 절정으로 치달렸으며, 주소옥 역시 그의 품에 안겨서 쾌감으로 온몸을 떨었다.

하지만 두 사람은 잠이 들 때까지 서로를 정성껏 애무했을 뿐 정사를 하지는 않았다.

다만 주소옥은 자신이 할 수 있는 모든 방법으로 쾌도비를 기쁘게 해주었다.

＊　　　＊　　　＊

태자(太子) 주청운(朱靑雲)은 매우 불편한 심기로 심복인 담자능(潭資凌)을 꾸짖고 있는 중이다.

"여덟 달이 지나도록 그깟 일도 제대로 처리하지 못하다니, 담자능 너는 참으로 무능하구나."

오십삼 세의 담자능은 강호인이면서도 마치 관리 같은 비단 황의를 입고 있으며 한 뼘 정도의 검은 수염을 기른 위엄 있는 풍모를 지녔다.

그는 태자 주청운의 세 걸음 앞에 시립한 자세로 서서 고개를 숙였다.

"송구합니다, 태자 전하."

탁!

"송구하다는 말은 이제 넌더리가 난다! 그런 말은 그만하고 주소옥의 수급을 가져와라!"

주청운은 앉아 있는 태사의 팔걸이를 세게 내려치면서 벌컥 화를 냈다.

주청운. 그가 바로 사촌동생인 자봉공주 주소옥을 암살하라고 지시한 배후 인물이었다.

그는 현재 삼십오 세로 작은아버지, 즉 숙부가 운남성으로 유배를 떠날 당시에 십오 세였었다. 그러므로 사촌동생 주소옥을 한 번도 본 적이 없다.

그는 주소옥이 무엇 때문에 남령부를 떠났는지 알고 있다. 자금성에 남령왕의 첩자가 있다면, 남령부에도 황제의 첩자가 존재하고 있기 때문이다.

주청운의 부친, 즉 대명제국의 황제는 눈엣가시처럼 여기는 남령왕 주휘광과 그 세력을 토벌하기로 결정을 내렸다.

그런데 토벌군이 곤명을 향해서 출발하기도 전에 주소옥

이 남령부를 떠난 것이다.

그래서 토벌군의 출진을 늦추었다. 남령왕과 남령부만을 몰살시켜서는 뿌리까지 송두리째 발본색원(拔本塞源)했다고 할 수 없기 때문이다.

만약 주소옥이 천절문주와 순조롭게 혼인을 하게 된다면, 그래서 천절문주가 그녀를 사랑하여 전폭적으로 지원을 아끼지 않는다면 성가신 일이 벌어질 것이다.

즉, 황제의 남령부 토벌이 천절문에 대한 공격으로 받아들여져서 자칫 황궁과 강호의 싸움, 아니, 전쟁으로 비화될 수도 있기 때문이다.

황제는 이제나저제나 남령부에 대한 토벌을 기다리고 있는데, 주소옥의 암살을 맡은 주청운이 제대로 일을 처리하지 못해서 심기가 여간 불편한 것이 아니다.

지난겨울 십이월에 곤명 남령부를 출발한 주소옥을 해를 넘긴 칠월이 되도록 아직도 죽이지 못하고 있으니 답답한 노릇이다.

"다시 말씀드리지만……."

담자능은 공손히 입을 열었다.

"자봉공주는 필경 죽었을 것입니다. 지난 다섯 달 동안 그녀의 모습이 어디에서도 발견되지 않았다는 사실이 그 증거가 아니겠습니까?"

"내가 은밀하게 여행을 떠나서 네 눈에 보이지 않으면 그럼 내가 죽은 것이냐?"

"……."

담자능은 대꾸할 말을 찾지 못했다.

"네 말대로 주소옥이 깊은 산중에서 죽었을 수도 있다. 그러나 네가 그렇게 자랑하는 천라지망을 뚫고 탈출했을 수도 있다. 어디에나 가능성은 있는 법이다."

주청운은 결코 무식한 인물이 아니다. 그 반대로 그는 사람을 다루는 일에 능수능란하다.

언제 줄을 당겨야 하고 또 어느 때 풀어주어야 하는지 잘 알고 있다.

지금은 조금쯤 줄을 늦춰줄 때다. 담자능은 강호인이다. 그것도 만인의 존경을 한 몸에 받고 있는 절정고수다. 그런 자일수록 잘 다독여야 한다.

"주소옥의 수급을 가져와라. 어떤 방법을 사용하든 내가 다 책임지겠다. 그것만이 네가 할 일이다."

공손히 허리를 굽혔다가 펴는 담자능의 머리가 분주하게 돌아가기 시작했다.

이제부터는 과연 무슨 방법으로 자봉공주를 찾아낼 것인가 하는 것이다.

자봉공주가 살아 있다면 움직일 테니까 찾아내기가 쉬울

터이지만, 죽었다면 이미 백골이 됐을 텐데 대체 어디에서 찾아낸다는 말인가.

　담자능이 물러간 후에 주청운은 혼자 남아 이런저런 생각에 잠겼다.
　그가 황제인 아버지의 뜻에 전적으로 동의하는 것은 효자라서가 아니라 자신의 야심 때문이다.
　그가 익히 알고 있는 숙부 남령왕 주휘광은 실로 대단한 인물이었다.
　문무(文武)에 능할뿐더러 후덕하고 자비로워서 많은 사람이 그를 따랐었다.
　그래서 한때 주청운은 숙부를 아버지보다 더 존경했었고 자신도 이담에 숙부 같은 어른이 되고자 했었다.
　그러나 이제는 입장이 바뀌었다. 주청운은 더 이상 숙부를 존경하지도 그를 닮고자 하지도 않는다.
　숙부는 역모를 꾸민 역적일 뿐이다. 숙부가 진짜로 역모를 꾸몄는지의 여부는 중요하지 않다. 중요한 것은 그가 더 이상 권력자가 아니라는 사실이다. 그는 단지 황궁을 위협하는 암적 존재일 뿐이다.
　언젠가는 주청운이 황위를 물려받게 될 것이다. 그때를 위해서라도 남령왕과 그의 일족은 반드시 몰살시켜야만 하는 것이다.

"오라버니, 저희 왔어요."

"형님."

그때 바깥이 어수선하더니 시녀의 안내를 받으면서 일남일녀가 안으로 들어섰다.

"오……."

주청운은 만면에 환한 미소를 지으며 자리에서 일어나 일남일녀에게 다가갔다.

주청운의 친동생인 일남일녀는 나란히 서서 공손히 예를 취했다.

"언제 돌아왔느냐?"

주청운은 반가운 표정으로 그가 가장 사랑하는 두 동생을 일으켰다.

"조금 전에 도착하여 제일 먼저 형님을 뵈러 왔습니다."

"소매는 큰 오라버니가 너무 보고 싶어서 눈병이 나는 줄 알았어요."

"이런! 황제 폐하부터 알현해야지."

"나무라지 마십시오, 형님."

"그래요. 반년 만에 만나는 큰 오라버니께서 화내시면 소매는 싫어요."

주청운은 입으로는 꾸짖는 체하지만 속으로는 매우 흡족

하여 양쪽에 두 동생을 안고 탁자로 향했다.

오랜만에 해후한 삼 남매는 시간가는 줄 모르고 화기애애하게 담소를 나누었다.

황제는 정실인 황후와 여러 명의 후궁에게서 수십 명의 자식을 얻었다.

그러나 황후는 주청운과 주우명(朱宇明), 주선란(朱仙蘭) 삼 남매만을 낳았다. 그래서 이들 삼 남매의 우애가 유독 두터운 것이다.

둘째인 주우명과 막내 주선란은 반년 동안의 강호주유를 마치고 방금 자금성에 돌아온 길이다.

일찌감치 태자로 옹립되어 학문과 태자수업에만 열중하고 있는 주청운과는 달리 두 동생은 자유분방한 성격이라 어려서부터 황궁무고의 절학들을 두루 익혔으며, 훌륭한 실력을 이룬 후에는 이따금 황궁을 벗어나 천하를 주유하면서 경험을 쌓고 있다.

반년 만에 동생들을 만난 주청운은 지금까지의 불편했던 기분을 말끔히 씻어버리고 동생들이 강호를 주유하면서 겪은 여러 가지 경험담을 듣느라 푹 빠져 있었다.

"그런데 말입니다, 형님. 소제들은 한 가지 이상한 소문을 들었습니다."

막내 여동생 주선란이 한바탕 강호의 경험담을 손짓 발짓해가며 자랑스럽게 끝낸 후에 주우명이 조심스러운 표정으로 새로운 화제를 꺼냈다.

"이것은 강호의 일이지만… 혹시 형님께선 무정도(無情刀)라는 별호를 들어보셨습니까?"

"무정도? 아니, 못 들어봤다. 그게 무엇이냐?"

주선란이 끼어들어 조잘거렸다.

"큰 오라버니께선 곤명 남령왕 숙부의 딸인 주소옥이라고 알아요?"

주우명과 주선란은 황궁의 일에 대해서는 아무것도 모르고 강호의 일에만 관심이 있다.

그런데 주선란 입에서 숙부와 주소옥이라는 이름이 나오자 주청운은 가볍게 놀랐으나 내색하지 않았다.

"안다만……."

"작년 겨울에 주소옥은 살고 있던 운남성 곤명 남령부를 나서 북쪽으로 향하고 있었는데요."

주청운은 그 사실을 어떻게 동생들이 알고 있는지 궁금했으나 계속 들어보기로 했다.

"느닷없이 강호의 수많은 고수와 방파, 문파들이 몰려들어 그녀를 죽이려 했다는 거예요. 그런데 그 수가 자그마치 수만 명에 이른대요."

주우명은 먼저 말을 꺼냈지만 막내 여동생이 설명하도록 가만히 듣기만 했다.

"주소옥을 호위하던 수백 명의 호위무사와 군사들도 모조리 죽음을 당하고 끝내는 단 한 명의 고수 쾌도비라는 인물만이 남아서 그녀를 지켰대요."

주선란은 사촌에 대한 얘기라서 그런지 매우 진지하고도 염려스러운 표정이다.

"주소옥과 쾌도비는 수만 명의 추격대에게 쫓기면서 계속 북상하여 귀주성과 사천성, 호남성의 접경 지역 깊은 산중에서 감쪽같이 사라졌으며, 그때까지 쾌도비 혼자서 죽인 추격자의 수가 무려 천 명이 넘었다고 해요."

주선란은 긴 설명에 목이 타는지 차를 한 모금 마시고 나서 몹시 신기하고 흥미롭다는 표정을 지었다.

"한 자루 도로 절정의 도법을 구사하는 쾌도비에게 걸려서 살아남은 자는 한 명도 없다는 거예요. 그래서 강호에서는 쾌도비를 무정도라고 불러요. 그의 도는 피도, 눈물도 그리고 감정도 없다는 뜻이에요."

그녀는 눈을 반짝이며 주청운에게 동의를 구하듯 말했다.

"큰 오라버니, 정말 굉장하지 않아요? 소매는 무정도라는 사람을 한 번만이라도 꼭 만나보고 싶어요."

그러나 주우명의 생각은 다르다. 뭔가 심상치 않음을 짐작하는 그는 심각한 표정으로 말했다.

"형님, 강호인들이 소옥을 죽이려 하다니, 혹시 소제가 모르는 무슨 일이 있는 것입니까?"

주우명은 바보가 아니다. 오히려 총명하기로 치면 주청운보다 한 수 위다.

그러나 동생이라는 것과 냉정하지 못하다는 것, 그리고 욕심이 없다는 점에서 주청운에게 태자 자리를 양보할 수밖에 없었다.

주우명의 말에 주선란은 잊고 있었던 사실이 생각난 듯 정신을 차리고 귀를 기울였다.

주청운은 잠시 침묵을 지키다가 가라앉은 목소리로 말문을 열었다.

"황제께선 남령부를 토벌할 계획이시다."

주청운에게 모든 설명을 다 듣고 난 주우명과 주선란은 큰 충격을 받았다.

그러나 한 번도 본적이 없으며 기억에도 없는 주소옥이나 유배당한 숙부의 가족보다는 황실이 더 중요하다는 데 이견이 없었다.

한참 만에 주선란이 주먹을 움켜쥐면서 다부진 표정으로 말했다.

“그렇다면 우리도 도와야겠군요. 우선 무정도를 찾아내서 죽이는 게 급선무에요.”

“아서라. 주소옥은 이미 죽었을 수도 있다.”

담자능에게는 호통을 쳤던 주청운이지만 그 역시 주소옥이 아직까지 살아 있을 것이라고는 믿지 않았다. 다만 확인이 필요할 뿐이다.

주우명은 진지한 표정으로 깊은 생각에 잠겨 있고, 아직 십팔 세인 철모르는 주선란은 계속 떠들었다.

“아니에요. 무정도가 옆에 있는 한 그렇게 쉽게 죽지는 않았을 거예요.”

“태자 전하. 검룡(劍龍)입니다.”

“들어오너라.”

그때 밖에서 공손하게 아뢰는 목소리가 들려서 주청운은 검룡이라는 인물을 들어오게 했다.

이십 대 후반의 키가 후리후리하게 크고 약간 마른 듯하며 오른쪽 어깨에 한 자루 고색창연한 검을 멘 청년이 성큼성큼 들어와 주청운에게 공손히 예를 취하고 나서 주우명과 주선란에게도 허리를 굽혔다.

주청운에게는 세 명의 심복 수하가 있으며 도검룡(刀劍龍)과 담자능이다.

도검룡, 즉 도룡과 검룡을 심복 수하로 거둔지는 십여 년이

넘었으나 담자능은 주소옥을 암살하는 일 때문에 만나서 수
하로 거두었다. 말하자면 도검룡이 진짜 심복이다.

“천절문주는 어디에 있느냐?”

주청운은 바깥을 기웃거렸다. 그는 천절문주를 데려오라
고 검룡을 직접 낙양 천절문에 보냈었다.

만약 주소옥이 무사히 천절문에 도착하게 될 경우를 대비
하여 천절문주에게 경고를 해두려는 생각이었다.

“그는 오지 않았습니다.”

“뭐라?”

천절문주가 오지 않을 것이라고는 추호도 예상하지 않았
던 주청운의 목소리가 쨍하고 날카로워졌다.

“오지 않다니 무슨 소리냐?”

주청운의 힐책에 준수하지만 날카로운 인상의 검룡은 송
구한 표정을 지었다.

“그는 오지 않겠다고 했습니다.”

주청운은 기가 막히고 어이가 없는지 잠시 멀뚱하게 있더
니 손바닥으로 자신의 가슴을 두드렸다.

“내가 불렀다고 전했느냐?”

“그렇습니다.”

“그런데도 오지 않겠다고 했다는 게냐?”

“그렇습니다.”

대명제국의 태자가 불렀는데도 일개 강호인이 오지 않겠다고 했다는 것을 과연 어떻게 이해해야 할지 주청운은 어이가 없었다.

탕!

"발칙한 놈!"

그는 분노하여 손바닥으로 힘껏 탁자를 내려쳤다.

그렇지만 그가 천절문주를 사적으로 그리고 은밀하게 불렀기 때문에 설혹 오지 않았다고 해서 국법으로 다스릴 수가 없는 상황이다.

아마 천절문주는 그런 사실을 잘 알고 태자의 부름을 거절했을 것이다.

또한 그는 태자가 무엇 때문에 자신을 불렀는지도 충분히 짐작했을 것이다.

주청운은 천절문주가 오지 않았다는 사실에 대한 분노와 그를 회유하려던 계획이 실패했다는 것에 대한 낭패함이 합쳐져서 자리에 앉지도 못하고 서서 실내를 오락가락하면서 분을 참지 못했다.

"으드득! 이 연놈들을 절대 용서하지 않겠다……!"

그의 이가는 소리가 실내를 울렸다.

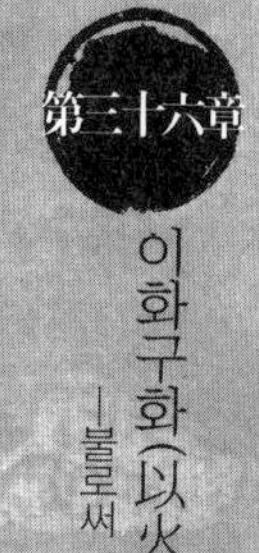

第三十六章

이화구화(以火救火)
—불로써 불을 구한다

오랫동안 머물면서 여러 가지 일이 있었던 절곡을 떠나면
서 주소옥은 아쉬운 표정을 지었다.

"할 수만 있다면… 이곳에서 쾌도비 너와 단둘이 죽을 때
까지 살고 싶어."

*   *   *

곤명을 출발한 지 아홉 달, 그리고 깊은 산속의 절곡을 떠
난 지 한 달 만에 쾌도비와 주소옥은 호북성의 성도인 악양에

당도했다.

번화하기 짝이 없으며 수많은 인파가 북적이는 악양 대로에 낯선 두 사내가 들어서는 것을 눈여겨서 보는 사람은 아무도 없었다.

보통 청년들보다 머리가 하나쯤 더 큰 훤칠한 체구의 청년과 약간 작은 키에 통통한 체구의 청년이며, 둘 다 덥수룩한 수염을 길렀고 어깨에는 한 자루씩의 도를 메고 있는 강호인의 모습이다.

다름 아닌 쾌도비와 주소옥이다. 쾌도비는 수염을 깎지 않아서 자연적으로 구레나룻과 수염으로 뒤덮인 모습이 되었으며, 주소옥은 만두 같은 얼굴에 고슴도치처럼 수염을 붙인 역용을 한 모습이다.

또한 그녀는 옷을 잔뜩 끼어 입어서 통통한 몸매로 뒤뚱거리면서 걸었다.

절곡을 나온 두 사람은 별로 어렵지 않게 사람들이 사는 마을까지 올 수 있었다.

짐승 가죽으로 만든 옷을 입은 완전히 야인(野人) 같은 모습인 두 사람은 산중에서 꽤 많은 강호인을 발견했으나 한 번도 발각되지 않고 산을 벗어날 수 있었다.

강호인들은 추격대가 아니라 수색대처럼 보였다. 빠르게 이동하지 않고 떼 지어서 천천히 움직이며 긴 막대기로 낙엽

더미나 풀숲 등을 이리저리 휘저으면서 무언가를 찾는 것 같
았다.

그 모습은 절대 추격대가 아니었다. 마치 시체를 찾는 것처
럼 보였다.

그래서 쾌도비와 주소옥은 그들이 자신들의 시체를 찾고
있는 것이라고 추측했었다.

그렇다면 추격대는 쾌도비와 주소옥을 죽었다고 여기는
것이 분명했다.

하긴 두 사람이 대여섯 달 동안이나 절곡 안에서 생활하며
꼼짝도 하지 않았으므로 그렇게 생각하는 것도 무리가 아닐
것이다.

땅만 쳐다보면서 느릿하게 움직이며 시체를 찾는 수색대
를 피하여 쾌도비가 주소옥을 업은 채 산을 벗어나는 일은 그
리 어렵지 않았었다.

제일 먼저 도착한 마을에서 남녀의 옷을 훔쳐 입은 두 사람
은 거의 무인지경이나 다름이 없는 호북성을 남서쪽에서 동
북으로 가로질러 마침내 오늘 정오가 지날 무렵 악양에 도착
했다.

이곳으로 오늘 도중에 풍수(灃水) 강변의 석문현(石門縣)이
라는 큰 마을에 들러 하오문에서 역용에 필요한 재료를 구입
하여 주소옥을 역용시킨 이후로는 아예 거리낌 없이 거리를

활보할 수 있었다.

주소옥으로서는 한여름인 지금 천으로 몸을 칭칭 감은 데다 또 옷을 몇 겹으로 껴입어서 몹시 더웠다.

하지만 그녀가 원래 더위를 잘 타지 않는 체질인 데다, 또 그 정도의 힘겨움을 참고 있으니까 아무도 자기를 알아보지 못한다는 사실에 무척 고무되어 잘 견디고 있었다.

쾌도비는 커다란 봇짐을, 주소옥은 작은 봇짐을 하나씩 메고 있으며, 거기에는 주소옥이 절곡 내에서 정성 들여서 만든 환약이 대부분이고 나머지는 언제 어느 곳에서라도 생활할 수 있는 필수품 몇 가지가 들어 있다.

두 사람이 걸어가고 있는 전방의 오른쪽 길가에 많은 사람이 모여 있는 광경이 보였다.

그렇지만 쾌도비와 주소옥은 그게 무엇인지 이미 알고 있으므로 눈길조차 주지 않고 계속 걸어갔다.

그곳에는 방이 있으며, 쾌도비의 전신(초상화)이 커다랗게 붙어 있다.

그리고 그의 별호 무정도와 쾌도비라는 이름이 적혀 있으며, 그가 있는 곳을 알려주는 사람에겐 은자 백만 냥, 그를 죽여서 시신이나 수급을 가져오는 사람에겐 은자 천만 냥을 주겠다고 현상금으로 걸었다.

전신의 그림은 제법 쾌도비하고 많이 닮았다. 그가 이름을 알려주고 또 그의 얼굴을 가까이에서 제대로 본 사람은 육비의 한 명인 흑창사비 용연풍뿐이다.

그러므로 이 현상금의 밑바닥에는 용연풍이 개입되어 있는 것이 분명했다.

물론 그가 현상금을 내걸지는 않았겠지만 최소한 쾌도비에 대해서 추격대에 자세히 알려주었을 것이다.

단지 소재를 알려주는 것만으로 은자 백만 냥이고, 죽이면 그 열 배인 무려 천만 냥이다.

보통 사람의 한 달 평균수입이 은자 석 냥이라는 것을 감안한다면 실로 어마어마한 액수가 아닐 수 없다.

쾌도비와 주소옥이 이곳까지 오면서 본 현상금 방만 해도 삼십여 개가 넘었다.

방을 붙인 인물은 대부분 그 지역을 대표하고 존경받는 방파나 문파의 수장(首長)이었다. 추격대, 즉 팔신궁의 명령이었을 것이다.

주소옥이 아닌 쾌도비를 방에 붙인 것을 보면 그녀에 대해서는 아직도 비밀로 하고 싶은 모양이다.

어쨌든 쾌도비만 찾아내면 그녀를 찾는 일은 어렵지 않을 테니 그랬을 것이다.

천하 곳곳에는 현상금 방이 수없이 많이 붙어 있으나 대개 은자 몇 십 냥 수준이고 액수가 커봐야 천 냥을 넘는 것이 드물다.

사람이 있는 곳을 알려주면 은자 백만 냥이고 죽이면 천만 냥이라는 어마어마한 액수는 아마도 사람 사는 곳에 방을 붙이기 시작한 이래 최초이며 최고의 거액일 것이다.

그때 쾌도비 앞쪽에서 세 명의 강호인이 나란히 걸어오다가 방을 보더니 그곳으로 곧장 다가갔다.

그들은 산뜻한 백의경장에 하늘색의 멋진 피풍의(皮風衣:바람막이)를 걸쳤으며 고색창연한 장검을 메고 있는데, 방 앞에 모여 있는 사람들을 좌우로 밀치면서 뚫고 들어가 거침없이 방을 떼어내 좍좍 찢어버렸다.

이곳의 방은 필경 악양에서 내로라하는 대방파나 대문파 수장의 이름으로 붙인 것일 텐데도 세 강호인은 눈에 보이는 것이 없는 듯했다.

그들의 뜻하지 않은 행동에 모여 있던 사람들은 놀라서 탄성을 터뜨리며 수군거렸다.

쾌도비와 주소옥도 그런 광경은 처음 보는 것이어서 흥미를 느끼고 걸음을 멈추었다.

세 명의 강호인은 방을 찢어발긴 종잇조각을 허공에 뿌리면서 늠연한 모습으로 가던 길을 걸어갔다.

쾌도비가 보기에 그들은 절대 평범한 강호인이 아니다. 얼굴과 눈에서 정기가 흘러넘쳤으며 깔끔하고 산뜻한 외모에 발걸음은 매우 가벼웠다.

문득 쾌도비는 그들 중 한 명의 왼쪽 가슴에 시선이 머물면서 흠칫 눈빛이 변했다.

왼쪽 가슴에는 한 자루 푸른색의 검이 세로로 세워져 있으며 검의 오른쪽과 왼쪽에 한 글자씩 천(天)과 절(絶)이라고 수놓아져 있었다. 합쳐서 '천절'이다.

'천절문!'

쾌도비는 천절문 사람을 한 번도 본 적이 없지만 그들이 천절문 휘하일 것이라고 판단했다.

가슴에 '천절'이라고 버젓이 수놓고 활보할 수 있는 사람은 천절문 휘하뿐이다.

천절문 고수가 악양의 대로에 나타나서 무정도 쾌도비를 찾거나 죽이라는 방을 찢었다.

과연 그것을 어떻게 해석해야 하는지 쾌도비가 잠시 생각하고 있을 때 세 명이 곧장 그에게로 걸어왔다. 그것을 보고 주소옥이 슬쩍 옆으로 소매를 잡아당겼다.

쾌도비가 그녀를 쳐다보면서 옆으로 두어 걸음 옮기고 있을 때 세 명의 고수는 그의 옆을 스쳐 지나갔다.

그들은 쾌도비와 주소옥을 날카롭게 힐끗 쳐다봤으나 전혀 알아보지 못했다.

만두를 발로 밟은 것 같은 얼굴로 역용을 한 주소옥의 표정은 알 수 없으나 눈빛이 뭔가를 말하고 있었다.

'저자들은 믿을 수 없어.'

그녀는 눈으로 그렇게 말했으며 쾌도비는 그것을 정확하게 알아들었다.

백주대로에서 쾌도비를 찾는 방을 많은 사람이 지켜보는 가운데 갈가리 찢어발긴 천절문 고수들을 믿을 수가 없다는 것이다.

천절문 고수들이 악양에 나타났다면 모르긴 해도 자봉공주에 대해서 수소문하거나 만약에 찾게 된다면 그녀를 돕는 것이 목적일 것이다.

그리고 그들을 보낸 사람은 필경 천절문주일 터이다. 현재 자봉공주와 무정도에 대한 소문이 천하를 진동하고 있으니 천절문주가 모를 리 없다.

그렇지만 주소옥의 뜻은 확고했다. 저들이 아무리 천절문의 고수라고 해도 그들에게 자신의 모습을 드러내지 않겠다는 것이다.

그것은 곧 저들과 함께 천절문에 갈 생각이 없으며 쾌도비와 함께 끝까지 가겠다는 뜻이기도 하다.

그녀의 뜻이 그렇다면 쾌도비는 전적으로 동의한다. 그가 생각하기에도 주소옥을 천절문 고수들에게 맡기는 것은 현명한 방법이 아닌 듯하다.

천절문 고수들이 저렇게 드러내 놓고 보란 듯이 활보하고 있으니 팔신궁의 추격대가 그들을 감시하지 않겠는가. 그러니 주소옥이 그들에게 접근하여 자신을 밝히는 것도 매끄러운 방법이 아니다.

뿐만 아니라 저들이 주소옥을 호위하여 낙양 천절문으로 향한다면 은밀하게 행동하지 않을 테고, 설혹 그렇다고 해도 백이면 백 추격대에게 발각당하고 말 것이다.

그렇다면 미상불 천절문과 팔신궁의 전쟁으로 비화될 가능성이 크다.

더구나 사신육비의 하나인 팔신궁은 하수인이다. 자봉공주를 죽이라고 배후에서 지시한 인물은 팔신궁을 움직일 정도이니까 엄청난 인물일 것이다.

그자가 또 다른 세력을 투입하거나 다른 방법을 사용한다면, 천절문으로서도 감당하기 어려울지 모른다.

쾌도비와 주소옥은 뒤도 돌아보지 않고 미련 없이 그 자리를 떠났다.

"안 돼. 날 데리고 가기 전에는 아무데도 못 가."

주소옥은 막무가내로 억지를 부렸다.

사실 두 사람은 이제 돈이 한 푼도 남지 않았다. 있는 돈을 모두 털어서 저녁을 사 먹고 객잔에 들고 나니까 완전히 빈털

터리가 되어버렸다.

그래서 쾌도비가 돈을 구하러 나간다고 하니까 주소옥이 정색을 하고 자기를 데려가기 전에는 아무 데도 못 간다고 버티는 것이다.

곤명의 뇌도방에서 무사 노릇을 하면서 번 돈으로 지금까지 썼으면 매우 아낀 것이다.

절곡에 빠지고 또 그곳에서 생활하는 동안 가죽 주머니에 담겨 있는 돈에 대해서는 거의 신경을 쓰지 않았었는데, 그 와중에도 돈주머니를 잃어버리지 않았던 것이 정말 기적 같은 일이다.

사실 쾌도비가 급히 돈을 마련할 수 있는 방법은 훔치거나 강도짓을 하려는 것뿐이다.

정당하게 돈을 벌려면 당장은 어렵다. 열심히 일을 해주고 그 대가를 받아야 하는데 그렇게 세월을 허비할 수는 없는 일이다.

돈이 없으면 한 걸음도 움직이지 못하는 것이 세상이다. 더구나 은밀하게 행동해야 하는 두 사람이 이동하는 데는 더욱 돈이 절실하다.

예전에 쾌도비는 돈을 훔치거나 강도질을 해본 적이 한 번도 없었다.

어딘가에 소속되어 한동안 일을 해주면 얼마간 돈을 벌 수 있는데 구태여 그럴 이유가 없었다.

하지만 지금은 그럴 수가 없는 상황이다. 오늘 밤 내로 돈을 구해야 내일 아침에 출발할 수가 있으며, 그것도 되도록 많이 필요하다.

돈이 떨어질 때마다 훔치거나 강도짓을 자꾸 할 수는 없기 때문에 한 번 할 때 왕창 손에 쥐어야만 한다.

그런 상황에 어떻게 주소옥을 데려갈 수 있겠는가. 그녀에게 그가 도둑질이나 강도질하는 모습을 보이는 것도 마음이 편하지 않지만, 그녀가 밤중에 돌아다니는 것보다는 객잔에 가만히 있는 편이 훨씬 안전할 것이다.

그렇다고 그녀가 두 팔을 벌리고 못 간다고 가로막고 서서 어깃장을 부리는 것은 아니다.

몇 겹으로 끼어 입은 옷만 벗어 던지고, 역용은 그대로인 그녀는 침상가에 꼿꼿한 자세로 앉아서 그를 말끄러미 바라보며 별다른 행동도 없이 말로만 혼자는 못 간다고 종알거리고 있다.

하지만 그것을 듣지 못한 체하고 그냥 냉정하게 가버릴 쾌도비가 아니다.

쾌도비가 힘으로 하자면 주소옥이 당해낼 수가 없다. 혼혈이라도 제압하고 나서 다녀오면 되겠지만 그런 일은 절대 없을 것이다.

그러면 둘 사이의 유대에 금이 가고 말 것이다. 쾌도비는 그녀를 억압하고 또 그녀가 반대하는 일을 한 적이 없었고 앞으로도 그럴 생각이다. 두 사람의 의견이 일치하는 일만 할 것이다.

같은 남자가 쳐다봐도 정말 못생긴 용모를 하고 있는 주소옥은 서 있는 쾌도비를 바라보며 그가 도저히 거부할 수 없는 말을 했다.

"우린 한시도 떨어져 있으면 안 돼."

그녀의 말이 옳다. 낙양 천절문에 도착하면 두 사람은 어쩔 수 없이 이별해야만 한다.

그리고 이후로는 눈이 빠지게 보고 싶어도 볼 수 없을 터이다. 그러므로 한시도 떨어져 있으면 안 된다.

볼 수 있을 때, 그리고 만질 수 있을 때 실컷 보고 만져야만 하는 것이다.

쾌도비는 얇은 홑옷만 입은 주소옥을 업고 객방 창을 통해서 밤거리로 나섰다.

예전처럼 그녀를 등에 업고 천으로 칭칭 동여매고는 그 위에 옷을 입었다.

두 사람이지만 컴컴한 곳에서는 뚱뚱한 체구의 한 사람인 것처럼 보일 터이다.

　그래도 안심이 되지 않은 쾌도비는 골목을 기웃거리다가 어느 집안의 벽에 걸려 있는 방갓을 발견하고 훌쩍 담을 넘어 들어가서 들고 나와서 썼다.

　그렇게 하니까 그의 어깨로 비죽하게 나왔던 주소옥의 얼굴까지 가려져서 한 사람으로 보였다.

　"어딜 털 거야?"

　골목에서 대로로 달려나가려던 쾌도비는 주소옥의 말에 우뚝 신형을 멈추었다.

　"다 알고 있어. 도둑질이 아니면 이 밤중에 돈을 어디에서 구하겠어?"

　쾌도비는 뜨끔했으나 골목 어귀에 잠시 서 있다가 체념한 듯 중얼거렸다.

　"봐둔 곳이 있소."

　"악양 지리 잘 알아?"

　"손금보다 더 잘 알고 있소."

　지리뿐만 아니라 악양에는 예전에 알고 지내던 사람도 몇 명 있어서 도움을 청할 수도 있지만 그랬다가는 자승자박의 꼴이 될 터이다.

　쾌도비라는 이름이 알려졌는데 그의 예전 별호가 탈명도이고 어디에서 활약했으며 누구하고 친분이 있다는 것쯤은 추격대가 이미 다 알아냈을 것이다.

그러므로 예전에 친분 있었던 사람을 찾아가는 것은 기름을 지고 불속으로 뛰어드는 것이나 다름이 없다. 쾌도비는 그 정도로 멍청하지 않다.

그는 악양에서 백성들에게 원성을 사고 있는 악명 높은 고리대금업자 몇 명을 알고 있으며 그중 한 명의 금고를 털 생각이다.

오늘 밤 표적으로 삼은 고리대금업자의 장원은 악양성 밖 북쪽 동정호변에 있다.

한적한 곳에 있기 때문에 만약의 경우에 소란이 일더라도 안심할 수 있다.

그는 성을 벗어나 목표로 삼은 장원을 향해 인적이 완전히 끊어진 관도를 질풍처럼 내달렸다.

휘이이—

그런데 달리기 시작한 지 얼마 지나지 않아 전방의 어둠 속에서 말발굽 소리가 들려와 그는 즉시 속도를 줄여 천천히 걸어갔다.

다각다각…….

서두르지 않고 천천히 다가오는 말발굽 소리는 한 필이다.

쾌도비는 어둠을 뚫고 이십여 장 거리에서 나타나고 있는 말과 마상의 사람을 발견했다.

오른팔의 공력을 이용하면 이런 어둠 속에서도 수백 장 밖을 감지할 수 있지만 구태여 그럴 필요를 느끼지 못했다.

뜻밖에도 마상에는 백, 홍, 청 삼색의 화려한 비단옷을 입은 한 명의 소녀가 꼿꼿한 자세로 앉아 있었다.

보석이 박힌 옥비녀를 머리에 꽂았으며 보석 귀걸이와 반지에 목걸이, 게다가 도대체 검파에 얼마나 많은 보석이 박혔는지 제대로 헤아릴 수조차 없는 훌륭한 보검을 어깨에 메고 있었다.

그녀가 입고 있는 옷과 보검, 보석들만 팔아도 은자 수백만 냥 가치는 나갈 것 같았다.

저런 화려한 모습으로 밤길을 혼자서 가면 산적이나 화적이 아니더라도 만나는 사람마다 견물생심이 생겨서 뺏으려고 덤벼들 것이다.

더구나 이제 겨우 십칠팔 세 정도의 어리고 절색의 미소녀이기에 겁탈을 당하기 십상이다.

그런데도 밤중에 혼자 다니다니 그녀는 철이 없거나 세상 물정을 모르는 것이 분명했다.

그때 쾌도비의 가슴을 안고 있는 주소옥이 갑자기 그의 젖꼭지를 가볍게 비틀었다.

그는 그게 무슨 뜻인지 즉시 알아차렸다. 저 소녀를 털라는 것이다. 즉, 강도질을 하라는 뜻이다.

어차피 도둑질이나 강도질을 하러 나섰으니 누굴 털든 상관은 없다.

쾌도비의 눈빛이 빠르게 소녀의 전신을 훑었다. 소녀의 얼굴이 눈처럼 보얗고 매우 아름답다는 것은 돈하고는 하등의 상관이 없다.

그의 시선은 그녀의 가슴에 머물렀다. 풍만한 젖가슴 말고 상의 속 약간 아래쪽에 불룩한 것이 보였다.

그의 경험에 의하면 그것은 돈주머니가 분명했으며 또한 필경 묵직할 것이다.

보석이나 장신구는 팔아서 처분을 해야 하므로 번거롭다. 제일 좋은 것이 돈이다.

소녀를 다치게 할 생각은 추호도 없다. 그저 겁만 주거나 제압해 놓고 돈주머니만 챙겨 가면 그만이다.

저 정도로 화려한 치장을 한 소녀라면 돈주머니쯤 도둑맞아도 별 지장이 없을 것이다.

쾌도비는 다가오는 말을 향해 정면으로 천천히 걸어갔다. 우선 몇 마디 말로써 겁을 줘서 순순히 돈주머니를 내놓게 할 생각이다.

그래도 듣지 않으면 무력을 사용할 수밖에 없다. 삼색 비단 옷을 입은 소녀가 검을 메고는 있으나 대단하게 보이지는 않았다.

그의 경험에 의하면 저 소녀는 부잣집이나 고관대작의 딸이 분명했다.

강호의 명문대파라든지 이름난 방파, 혹은 문파의 여자는 저런 차림으로 돌아다니지 않는다.

삼색 소녀는 말을 향해 곧장 걸어오는 쾌도비를 보고는 아미를 상큼 찌푸리며 나직이 호통을 쳤다.

"비켜라."

"나는 돈이 필요하다. 돈만 주면 다치게 하지 않고 곱게 물러갈 것이다."

"흥! 하찮은 도적놈이로구나."

몹시 뚱뚱한 체구인 데다 수염이 덥수룩한 모습의 쾌도비가 점잖게 말하자 삼색 소녀는 하찮은 것을 보듯 싸늘하게 코웃음을 쳤다.

"이 말이 끝날 때까지도 비키지 않는다면 이마빼기에 바람구멍을 내줄 테다."

그녀가 그 말의 중간까지 말했을 때까지도 쾌도비는 어린 소녀의 허풍이라고 생각했었다.

그러나 그녀가 말을 끝내는 것과 동시에 매우 희고 긴 오른손 중지를 구부러서 엄지손가락으로 누르는 것을 보고 지금까지의 모든 생각이 바뀌었다.

'고수다!'

이마빼기에 바람구멍을 내주겠다는 것은 지풍을 전개하겠

다는 뜻이었다.

쾌도비의 오랜 경험에서 온 판단은 또 한 번 보기 좋게 빗나가고 말았다. 설마 저 어린 소녀가 지풍을 전개할 줄은 상상도 못했었다.

피잉!

삼색 소녀는 정말로 지풍을 발출했다. 그것도 아주 능숙하게 중지를 튕겼다.

밤공기를 가르는 명쾌한 쇳소리 같은 것이 울릴 때 쾌도비는 순간적으로 오른팔의 공력을 발로 보내 지면을 박차고 솟구쳤다.

타아—

오른팔의 공력을 빌리지 않고 그냥 피하려고 했다면 솟구치는 도중에 이마빼기가 아닌 목이나 가슴 한복판이 관통되고 말았을 것이다.

삼색 소녀의 표정이 가볍게 변했다. 상대가 하찮은 도적인 줄 알았는데 자신이 전개한 지풍을 저토록 가볍게 피할 줄은 예상하지 못했다.

팍!

삼색 소녀가 발출한 지풍이 땅에 구멍을 뚫고 있을 때 쾌도비는 허공에서 내려꽂히며 왼손으로 창룡도를 뽑는 것과 동시에 쾌도식, 아니, 북두인을 전개하여 소녀의 정수리를 쪼개어갔다.

쐐애액!

그러나 그는 두 번째 실수를 저질렀다. 지풍은 구파일방의 장로쯤 돼야 전개할 수 있는 수법이고, 그것을 삼색 소녀가 전개했다면 북두인이 아니라 천지무쌍쾌나 고금제일도를, 그것도 오른손으로 펼쳤어야만 했다.

왼손으로 전개한 북두인은 강호의 일류고수 정도면 웬만큼 피하거나 반격을 가할 수 있다.

'아차……'

그가 실수를 깨달았을 때는 이미 늦었다.

쉬이이―

어느새 검을 뽑았는지 소녀의 새파란 검첨이 그어 내리는 창룡도를 뚫고 쾌도비의 목을 향해 찔러왔다.

그리고 쾌도비에게 탈명도라는 이류의 별호를 가져다준 왼손 북두인은 삼색 소녀가 전개하는 이름도 모르는 검법에 비하면 너무 느려 터졌다.

그로서는 도무지 앞뒤 재고 자시고 할 겨를이 없다. 삼색 소녀의 검이 찔러 오르는 것을 발견한 순간 그의 오른손은 반사적으로 품속을 파고들어 비도쾌를 뽑는 것과 동시에 천지무쌍쾌를 전개했다.

고오오―

삼색 소녀의 검이 제아무리 빠르다고 해도 천지간에 가장 빠른 천지무쌍쾌보다 빠를 수는 없다.

삼색 소녀의 두 눈이 화등잔처럼 커졌다. 천지무쌍쾌의 도강이 눈에 보이지는 않지만, 무언가 가공한 것이 자신을 향해 쇄도하고 있는 것을 감지했기 때문이다.

그리고 느낌이라는 것이 있다. 무공이 높을수록 그것은 더 강하게 작용한다.

찰나를 열로 쪼갠 일수유(一須臾) 같은 순간이지만 그녀는 거의 본능적으로 옆으로 몸을 기울이면서 말에서 굴러떨어지며 바닥에 뒹굴었다.

퍼억!

이히히힝!

천지무쌍쾌의 도강은 가련한 말의 등 한복판에 구멍을 뚫었고 말은 애처롭게 울며 나뒹굴었다.

아니, 말이 나뒹굴기도 전에 쾌도비는 천근추의 수법으로 뚝 떨어져 내려 바닥에서 뒹굴고 있는 삼색 소녀의 마혈을 제압해 버렸다.

"이… 이놈! 날 어떻게 할 셈이냐?"

삼색 소녀는 분노와 경악이 범벅된 얼굴로 소리쳤다. 이 순간 그녀의 놀라움은 말할 수 없이 컸다.

한낱 도적인 줄 알았던 쾌도비가 지풍을 가볍게 피하기에 한 가닥 하는 일류고수쯤 될 것이라고 여겼는데 이제 보니 절정고수였던 것이다.

쾌도비는 대꾸하지 않고 땅에 누워 있는 그녀의 앞섶 안으로 손을 쑥 집어넣었다.

물컹! 하고 탱탱한 젖가슴이 만져졌으며 아래쪽에 그가 예상했던 대로 주머니 하나가 만져졌다.

뚝…….

주머니에 묶여 있는 끈을 가볍게 잡아당겨 끊어서 주머니를 품에 넣고 몸을 일으켰다.

그때 삼색 소녀는 몸을 일으키는 쾌도비의 오른쪽 어깨 너머로 한 쌍의 반짝이는 눈동자를 발견했다.

그 눈동자는 무척 크고 아름다웠으며 그녀를 말끄러미 주시하고 있었다.

순간 삼색 소녀는 재빨리 눈동자를 굴려 쾌도비의 왼손에 쥐어져 있는 창룡도를 쳐다보았다.

'무정도…….'

삼색 소녀의 눈동자가 마구 흔들렸으며 얼굴에는 본능적으로 가벼운 두려움이 떠올랐다.

그렇지만 쾌도비는 몸을 일으키느라 그녀의 표정을 발견하지 못했다.

삼색 소녀는 쾌도비가 도를 사용하고 절정고수에다가 또

젊으며 등에 아름다운 눈을 지닌 누군가를 업고 있다는 여러 정황으로 미루어 무정도가 틀림없다고 확신했다.

그녀는 하마터면 ‘무정도’라는 말을 입 밖으로 터뜨릴 뻔했으나 간신히 참았다.

만약 그랬다면 무정도가 자신을 살려주지 않을 것이라고 순간적으로 짐작한 것이다.

그녀는 황궁에서만 곱게 자란 황녀, 즉 보현공주(普賢公主)지만, 강호를 두루 주유하면서 나름대로 경험을 쌓았기에 방금과 같은 두뇌회전이 가능했다.

그렇다고 해도 자신이 쾌도비에게 너무도 어이없이 당했으며, 그가 말을 죽이고 자신의 젖가슴을 함부로 만졌다는 사실에 대해서는 견딜 수 없을 정도로 분노가 솟구쳤다.

“이놈! 내게 이런 짓을 하고도 살기를 원하느냐? 차라리 날 죽여야 네놈의 앞날이 편안할 것이다!”

그녀는 눈을 치뜨고 목과 이마에 핏줄을 세우면서 독설을 퍼부었다.

그녀는 쾌도비가 자신을 무시한 채 쳐다보지도 않고 떠나려고 하자 발끈 성을 냈다.

“이놈아! 날 이대로 내버려 두고 가면 다른 강도에게 걸려서 죽으라는 말이냐?”

그녀의 말이 맞다. 누군가 지나가다가 그녀처럼 절색 미소녀가 제압되어 쓰러져 있는 것을 발견한다면 절대로 그냥 지나치지 않을 것이다.

뿐만 아니라 밤에는 관도에 늑대 따위 짐승이 돌아다닐 수도 있으니 이렇게 내버려 두고 가는 것은 죽으라는 말이나 다름이 없다.

슥—

"끄윽……."

쾌도비는 창룡도를 꽂고 왼손으로 삼색 소녀의 멱살을 잡아 가볍게 일으켰다.

그러자 그녀는 목이 조여서 얼굴이 붉어지며 숨 막히는 표정을 지었다.

쾌도비는 그녀를 그대로 달랑 들고는 관도 옆 숲 속으로 성큼성큼 걸어 들어가서 주위를 두리번거리다가 마땅한 나무를 발견하고 훌쩍 신형을 날려 지상에서 이 장 높이의 나뭇가지에 올라섰다.

이어서 그녀를 다리통 굵기의 나뭇가지에 내던지듯이 걸터앉혔다.

쿵!

"악!"

그런데 그녀가 갑자기 아미를 잔뜩 찌푸리며 고통스러운 비명을 터뜨렸다.

쾌도비가 처다보니까 그녀의 흰 바지 안쪽, 그러니까 허벅지 부위가 빨갛게 피로 물들고 있었다.

이상한 생각에 그녀를 다시 일으켜 세워서 살펴보니 사타구니의 옷이 찢어졌으며 어이없게도 그곳에서 피가 콸콸 흘러나오고 있었다.

방금 그녀를 앉혔던 곳에 부러져서 칼끝처럼 날카로운 반 뼘 길이의 나뭇가지 하나가 위로 솟구쳐 있으며 피가 흠뻑 묻어 있었다.

그곳에 그녀를 약간 힘주어서 앉히는 바람에 살이 찢어져서 상처가 생긴 것이다.

날카로운 나뭇가지의 길이는 반 뼘이나 되는데 상처 부위로 봐서는 그것이 옥문을 찌른 것 같았다.

탁!

쾌도비는 발끝으로 날카로운 나뭇가지를 차서 날려 버리고 삼색 소녀를 다시 그곳에 앉히려고 했다.

그때 젖꼭지가 따끔했다. 주소옥이 손가락으로 비튼 것이다. 그녀는 말을 할까 말까 아주 잠시 망설이다가 나직하게 속삭였다.

"피를 흘리는 것으로 봐서는 동맥이 끊어진 것 같아. 그대로 놔두면 반각 안에 죽을 거야."

"……."

그녀 딴에는 조그맣게 속삭인다고 했지만 고수 중에 고수인 삼색 소녀는 영롱한 목소리를 똑똑히 들었다.

그로 미루어 조금 전에 삼색 소녀가 보았던 쾌도비 어깨의 아름다운 눈의 주인은 여자가 분명했다.

하지만 지금은 그게 문제가 아니다. 자신의 동맥이 끊어졌으며 반각 안에 죽을 것이라는 말에 그녀의 안색이 창백하게 변했다.

그렇지만 쾌도비는 삼색 소녀의 생사에는 관심이 없으며 그냥 이 자리를 뜨고 싶을 뿐이다.

그는 삼색 소녀를 방금 전 나뭇가지에 다시 앉혀놓고 뛰어내리려고 하는데 그녀가 다급히 말했다.

"살려줘……."

그녀의 얼굴에는 공포와 비탄이 뒤범벅되어 떠올라 있었다. 반각 안에 죽는다는 것은 조금 전까지는 상상해 본 적도 없는 일이었다.

"죽기 싫어… 제발 살려줘……."

쾌도비는 멈칫했다. 죽음의 공포가 드리워진 그녀의 얼굴에서 묘하게도 주소옥의 모습을 발견했기 때문이다.

삼색 소녀는 필사적이다. 만약 쾌도비가 이대로 가버린다면 그녀는 죽을 수밖에 없다.

그녀의 하체는 완전히 피범벅이 되어 앉아 있는 나뭇가지를 온통 물들이고 땅으로 뚝뚝 흘러내리고 있었다.

피가 이렇게 쏟아져 나온다면 반각이 아니라 열 호흡도 못 가서 죽을 것처럼 보였다.

"아아… 살려만 준다면 무엇이라도 하겠어……. 제발… 억만금을 줄 수도 있어… 날 살려줘……."

사랑하는 가족을 이제 두 번 다시 볼 수 없으며, 이런 숲 속에서 죽어 백골이 될 것이라는 생각이 들자 그녀는 비 오듯이 눈물을 흘리며 애원했다.

개똥밭에 굴러도 저승보다는 이승이 낫다는 말이 있다. 그 말이 천번 만번 옳다. 살아만 있다면 어떤 대가라도 치르지 못하겠는가.

"살려주면… 죽을 때까지 종이 돼서 너에게 복종할게……. 살려줘, 제발……."

그때 주소옥이 그의 젖가슴을 부드럽게 쓰다듬었다. 뜻밖에도 그것은 살려주라는 뜻이다.

처음부터 돈을 뺏는 것이 목적이었지 무고한 사람을 죽이려는 것은 아니었다.

쾌도비는 썩 내키지 않는다는 표정으로 삼색 소녀를 굽어보다가 툭 내뱉었다.

"혈도를 풀어줄 테니 네 스스로 치료해라."

"나… 나는… 의술에 대해서는 아무것도 몰라……. 제발

날 두고 가지 마⋯⋯."

쾌도비는 눈살을 찌푸리며 굽어보다가 그녀를 안고 바닥에 내려섰다.

그녀를 반듯하게 눕히고 피투성이가 된 바지를 벗기니까 안쪽은 더 엉망진창이다.

아기 손바닥만 한 속곳을 비롯하여 허벅지 전체가 피투성이며 피는 허벅지 깊숙한 곳에서 여전히 콸콸 솟구치듯 쏟아지고 있었다.

자세히 살펴보니 날카로운 나뭇가지가 찌른 곳은 옥문이 아니라 옥문에서 두 치쯤 옆의 둔부였다.

쾌도비는 거추장스러운 속곳을 잡아채서 내던져 버리고 상처를 살폈다.

"아아⋯⋯."

삼색 소녀는 고통 때문인지 가느다란 신음을 흘리고 있었다.

쾌도비는 그녀의 두 다리를 넓게 벌리고 그 가운데 무릎을 꿇고 앉아 오른쪽 다리를 머리 높이까지 치켜들어 상처 주위 세 군데 혈도를 점해서 일단 지혈을 시켰다.

"회음혈."

어깨너머로 지켜보던 주소옥이 속삭였다.

"여자는 거길 눌러야 지혈이 제대로 돼."

혈도에도 남녀와 노소의 차이가 있다는 사실을 쾌도비는 절곡에서 천지무쌍쾌를 배울 때 처음 알았었다.

쾌도비는 불쑥 귀찮은 생각이 들었으나 이왕 시작한 치료라서 참았다.

삼색 소녀의 회음혈을 누르기 위해서 왼쪽 다리마저 들어올려 무릎을 굽히게 하고 그녀 스스로 자신의 양 허벅지를 붙잡도록 했다.

회음혈이란 여자의 몸에서도 가장 은밀한 옥문과 항문 사이에 있다.

하지만 지금의 그는 빨리 치료해 주고 가야겠다는 생각밖에는 없다.

삼색 소녀는 지혈을 해서 피가 덜 흐르게 되자 혼미해지던 정신이 조금 맑아졌다.

자신의 두 다리를 끌어안아 허벅지를 가슴에 붙이고 있는 그녀는 피투성이 하체를 이리저리 헤치면서 회음혈의 정확한 위치를 찾고 있는 쾌도비의 얼굴을 바라보았다.

덥수룩한 수염을 기르고 있지만 제법 잘생긴 용모다. 특히 눈빛이 매우 맑고 투명해서 한 번 보면 절대로 잊히지 않을 것 같았다.

또한 그의 눈빛은 아까 그의 어깨에서 보았던 여자의 눈빛과 매우 닮았다.

　문득 삼색 소녀는 쾌도비의 얼굴에서 수염을 없앤 모습을 상상해 보았다.

　"아!"

　그때 그녀는 움찔하며 두 다리에 힘이 들어갔다. 쾌도비가 손가락으로 회음혈을 세게 눌렀기 때문이다.

　여자마다 조금의 차이는 있겠으나 옥문과 항문 사이의 간격은 한 치(3.3cm). 혹 더 짧으면 반 치나 그보다 더 짧은 경우도 있다.

　주선란이 정신을 차렸을 때는 숲 속에 부옇게 동이 터오고 있었다.

　그녀는 무심코 고개를 들면서 몸을 움직이다가 소스라치게 놀랐다.

　"앗!"

　그녀는 지상에서 오 장쯤 높은 나무 위에 반듯한 자세로 눕혀져 있었다.

　두 개의 나란히 뻗은 나뭇가지에 여러 개의 나뭇가지가 얹혀 있는데 그녀는 거기에 누워 있었다.

　눈을 깜빡이면서 가만히 기억을 더듬어보았다. 쾌도비가 자신의 그곳을 세게 누른 것이 마지막 기억인 것 같았다. 그리고는 지금 눈을 뜬 것이다.

제일 먼저 사타구니의 상처가 어떻게 됐는지 궁금해진 그녀는 몸을 일으켜 앉았다.

옥문과 둔부의 상처 부위가 뻐근하면서 둔중한 통증이 밀려왔지만 조심스럽게 바지를 벗고 다리를 벌려 상처를 들여다보았다.

그곳에는 깨끗한 천이 허벅지 깊은 곳에서 둔부 쪽으로 깔끔하게 감겨 있었다.

그리고 검고 수북한 방초에 덮여 있는 소중한 부위가 보였다. 피범벅일 것이라고 생각했는데 뜻밖에도 깨끗했다. 상처를 치료하려면 깨끗이 닦아야 하는데 아마 그곳까지 닦은 모양이다.

그러자 묘하면서도 복잡한 기분이 그녀를 휩쌌다. 그녀의 손 외에는 그 누구의 손도 닿지 않았던 그곳을 쾌도비가 누르고 또 닦아냈다는 생각을 하니까 갑자기 부르르 세차게 몸이 떨렸다.

그녀는 그것을 증오라고 생각했다. 난데없이 나타나서 길을 가로막더니 그녀를 제압하고 품속을 뒤져서 돈주머니를 강탈한 낯선 사내.

그것으로도 모자라서 고의든 실수든 그녀의 둔부에 상처를 입히고 그것을 치료한다고 은밀한 부위를 제멋대로 만지고 누르며 닦다니, 용서할 수가 없다.

"죽일 놈……!"

그녀는 쾌도비에 대해서 제일 먼저 떠오른 감정이 진실이라고 믿기로 했다. 그래서 이를 빠드득 갈면서 분노로 몸서리를 쳤다.

그녀는 속곳조차 입지 않고 바지도 올리지 않은 상태에서 다리를 벌리고 앉아 한동안 펑펑 눈물을 흘리면서 분노만 토해냈다.

第三十七章

백룡어복(白龍魚服)

—백룡이 물고기로 모습을 바꾸었다

주소옥은 지난밤에 강도질을 하고 돌아와서 역용을 깨끗
하게 지웠다.

보통 역용을 하고 나서 깨끗이 잘 쓰면 오륙 일 동안 지속
되고 그때 지우고 새로 하면 되는데, 웬일인지 어젯밤에는 역
용을 한 지 이틀 만에 지워달라고 했다.

그리고는 쾌도비더러 옷을 다 벗으라 하고 자신도 나신이
되어서 그의 품에 안겨서 잤다.

절곡에서의 마지막 날에 두 사람은 정사를 하지는 않았지
만 격렬한 사랑의 밤을 보냈었다.

그리고는 악양까지 오는 지난 한 달 동안 두 사람은 밤마다 그냥 옷을 입은 채 서로 안고만 잤었다.

그런데 지난밤에 주소옥은 뭔가 달랐다. 절곡에서의 마지막 날처럼 뜨겁게 달아올라서 물을 계속 마셔도 갈증을 느끼는 것처럼 밤새도록 쾌도비에게 탐닉했었다.

두 사람은 순전히 애무와 서로에 대한 헌신만으로 몇 차례나 사정을 하고 또 절정에 도달했었다.

그리고 아침이 됐을 때 쾌도비는 비로소 그녀가 왜 그랬는지 알게 되었다.

"그녀하고 나하고 누가 예뻐?"

쾌도비 몸 위에 엎드린 자세로 잠이 깬 그녀의 첫마디였다.

그녀란 어젯밤 강도질을 했었던 삼색 소녀를 가리키는 것이라고 쾌도비는 알아들었다.

"내게 여자는 공주뿐이오. 내 눈에 그녀는 단지 고깃덩이로 보일 뿐이오."

주소옥은 배시시 미소 지으면서도 만족하지 않았다.

"그녀 젖가슴하고 내 것하고 어느 게 크고 예뻤어?"

쾌도비가 돈주머니를 꺼내느라 삼색 소녀의 젖가슴을 더듬었던 것을 말하는 것이다.

"공주와 비교할 수 없소."

"무슨 뜻이야. 똑바로 대답해."

그녀는 쾌도비의 입술에 자신의 입술을 비비면서 채근했다.

"공주 것이 훨씬 크고 예쁘오."

"정말이지?"

"정말이오."

"그럼 그건 어땠어?"

"뭐 말이오?"

그녀가 입술을 비비면서 그의 눈을 똑바로 보며 물었다.

"그걸 내가 어떻게 아오?"

"보고 만졌잖아."

"그렇다고 해서……."

주소옥의 동작이 뚝 멈춰졌다.

"그녀 것이 더 좋았구나?"

"그럴 리가 있소? 말도 안 되는 소리요!"

쾌도비가 과장된 표정을 지으며 언성을 높이자 주소옥은 마음에 들어 했다.

"흑……."

그런데 그녀가 갑자기 울기 시작했다.

"공주."

"나 미친 것 같지?"

"왜 그런 말을 하오?"

"널 이렇게도 사랑하면서… 너에게 내 순결을 주지도 못하고 다른 남자와 혼인을 하러 가다니… 미치지 않고서야……."

쾌도비는 그녀가 더 이상 말을 하지 못하게 입술로 입술을 덮으면서 꼭 힘주어 안았다.

자륵…….

삼색 소녀, 즉 주선란에게서 뺏은 고급스러운 비단주머니를 쏟자 탁자 위에 금화가 그득했다.

은자는 열 냥 남짓이고 나머지, 그러니까 서른다섯 냥이 금화였다.

금화 한 냥이 은자 삼십 냥이므로 은자로 치면 전부 천 냥이 넘는 거액이다.

"이 정도면 충분하겠소."

쾌도비는 은자 열 냥을 남겨놓고 금화는 다시 비단주머니에 담았다.

어젯밤에 한바탕 난리를 친 대가치고는 제법 큰 편이라서 앞으로 낙양까지 가는 동안 돈 걱정은 하지 않아도 될 것 같았다.

아직 옷을 입지 않은 벌거벗은 상태인 그가 역용 도구를 갖고 다가가자 침상 위에 책상다리를 하고 앉아 있던 주소옥이 진지한 표정을 지었다.

"나는 평범한 소녀의 모습으로 역용을 해주고 쾌도비도 모습을 바꿔야겠어."

쾌도비는 어젯밤에 주선란이 자신을 봤기 때문에 주소옥이 그러는 것이라고 생각했다.

주소옥의 말이 옳다. 주선란을 죽였으면 모르되 살려주었기 때문에 조심하는 것이 상책이다.

주선란이 추격대나 팔신궁하고는 상관이 없을 가능성이 크지만 세상일이란 아무도 모르는 것이다.

쾌도비는 주소옥의 지도를 받으면서 변장과 역용을 했다. 우선 구레나룻을 파르라니 밀었으며 코와 입 주위의 수염은 짧게 깎았다.

그것으로도 모자라서 짝귀처럼 한쪽 귀를 쪼그려서 붙였으며, 뺨에 칼자국을 만들었고 결정적으로 왼쪽 눈을 역용으로 붙여서 애꾸로 만들어 버렸다.

"아하하하하!"

그 모습을 보고 주소옥은 손바닥으로 바닥을 두드리며 가가대소했다.

"못생겨도 정말 더럽게 못생겼어! 하하하하!"

***

관도에는 강호인이 꽤 많이 보였으나 한눈에도 추격대가

아닌 것만은 분명했다.

쾌도비와 주소옥은 악양을 출발하여 무창을 향해서 북상하는 동안 어째서 강호인이 많이 몰려들었는지 이유를 알게 되었다.

그 이유는 순전히 쾌도비와 주소옥 때문이었다. 자봉공주의 호위무사 중 한 명이 강호 일각에서 조금 명성을 얻은 탈명도라는 소년이었으며, 그가 끝까지 남아서 자봉공주를 호위하며 추격대를 천여 명이나 죽였고, 그래서 무정도라는 별호를 얻었다는 소문이 천하에 퍼진 것이다.

강호인들은 어느 누구라도 신기한 것이나 특별한 것에 열광하는 법이다.

그들이 봤을 때 무정도와 자봉공주의 도주 행각은 충분히 열광할 만한 일이다.

그래서 자신들의 눈으로 직접 두 사람을 보고 싶고 또 그 역사적인 현장에 참여하고 싶어서 천하 곳곳에서 구름처럼 모여들었다.

그렇지만 무정도와 자봉공주가 어디에 있는지는 아무도 모른다. 다만 곤명을 떠난 자봉공주가 줄곧 북상하고 있었다는 것. 그리고 그녀가 마지막으로 모습을 보였던 장소가 귀주성과 호북성, 사천성이 겹치는 지역이었다는 것을 단서로 삼아서 그 일대에 강호인들이 모여드는 것이다.

이곳에 운집한 강호인 대부분이 무정도와 자봉공주가 아직도 살아 있을 것이라고 믿는다.

무슨 이유가 있어서가 아니라 단지 막연한 바람이다. 왜냐하면 두 사람이 강호에 새로운 신화를 만들어가고 있다는 생각에 응원을 보내고 있는 것이다.

악양이나 무창에는 굉장히 많은 강호인이 운집했다고 하는데, 무정도와 자봉공주가 살아 있다면, 그래서 계속 북상하고 있다면 악양이나 무창을 지나칠 것이라고 짐작하기 때문이라는 것이다.

하지만 그보다 더 큰 이유는 자봉공주의 추격대가 여전히 그 지역에 머물고 있기 때문이다.

추격대는 자신들이 자봉공주를 추적하거나 수색한다고 밝히지 않고 은밀하게 행동하지만 강호인들의 이목을 피할 수는 없는 일이다.

말하자면 오랫동안 별일이 없었던 강호에서 무정도와 자봉공주에 대한 추격전은 모두에게 신선한 충격과 흥미를 던져주고 있는 것이다.

악양에서 무창까지는 삼백여 리이고, 가장 손쉽게 갈 수 있는 방법은 배를 타는 것이다.

호남성 북단에 위치한 악양과 호북성 동쪽에 위치한 무창

사이에는 천하의 강과 호수를 다 합쳐놓은 것 같은 생각이 들 만큼 수많은 강과 호수들이 모여 있다.

오죽하면 오 리만 가면 강이 나오고 십 리만 가면 호수가 나타날 정도다.

그렇기 때문에 이 지역을 여행하려면 육로보다는 잘 발달된 물길을 이용하는 것이 상식이다.

그러나 쾌도비와 주소옥은 육로를 선택했다. 수로를 이용하는 것이 모두의 상식이기 때문에 수로가 위험할 것이라고 판단했다.

더구나 배로 가다가 강이나 호수 한가운데에서 추격대와 마주친다면 꼼짝하지 못하고 포위될 수밖에 없지만 육로는 산지사방 어디로든 도주를 할 수가 있다.

무창으로 가려는 이유는 그곳에서 낙양까지 가는 것이 다른 곳에 비해서 쉽기 때문이다.

악양에서 낙양은 북쪽에 있지만 무창은 북동쪽에 있다. 그렇다면 무창에서 낙양을 가려면 북서쪽으로 가야 한다.

그런 식으로 빙 돌아갈 수밖에 없는 이유는 악양에서 낙양으로 곧장 북상하려면 수백 개의 강과 호수를 건너야 하기 때문이다.

또한 악양에서 무창으로 가는 관도는 많은 사람이 이용하기 때문에 그 속에 묻혀서 가면 안전하다는 점도 있다.

다각다각…….

쾌도비와 주소옥은 한 필의 말에 앞뒤로 타고 천천히 관도를 가고 있다.

나름대로 깔끔하게 면도를 한 쾌도비는 왼쪽 눈에 쇠가죽으로 만든 검은 안대를 하고, 오른쪽 귀는 오그라져서 반쪽이 된 짝귀이며, 또 뺨에 길고 비스듬히 칼자국이 있는 험상궂은 모습이다.

그리고 주소옥은 넙데데한 얼굴에 가느다란 눈을 지닌 평범한 소녀로 역용을 했다.

두 사람에게서 무정도와 자봉공주의 흔적을 찾아내는 것은 불가능한 일이다.

똑같은 낙양행이지만 절곡에 빠지기 전과 후는 극명하게 달라졌다.

전에는 생사의 고비를 끝없이 넘나들면서 걸음마다 피를 흘리는 고행의 길이었다면, 절곡에서 나온 이후는 아직까지 별다른 어려움을 겪지 않았다.

그래서 마치 두 사람이 한가하게 여행을 하고 있는 듯한 착각마저 들 정도다.

낙양까지 가면 헤어져야만 하는 슬픈 연인들의 마지막 여행이기도 하다.

관도에는 많은 사람이 물결처럼 오고 가는데, 그중에 절반은 강호인이다.

앞에 앉은 주소옥은 등을 쾌도비의 가슴에 붙이고 뺨을 어깨에 댄 채 졸고 있다.

밤새도록 쾌도비와 유희를 즐기느라 잠을 설쳤으니 피곤하기도 할 터이다.

쾌도비는 왼손으로 말고삐를 잡고 물결처럼 움직이는 사람들 속도에 맞춰서 느릿하게 말을 몰았다.

바삐 서두르면 눈에 띄니까 되도록 행인들과 똑같이 움직이려는 것이다.

또한 서두르면 서둘수록 주소옥하고 그만큼 빨리 헤어져야 한다는 아픈 생각이 마음 한구석에 자리를 잡고 있다.

그의 오른쪽 어깨에는 창룡도가 메여 있으며 도파는 가죽으로 덧씌워서 보석들이 박혀 있는 것을 가렸다.

그가 창룡도를 오른쪽에 멘 이유는 앞으로 오른손을 사용하기로 마음먹었기 때문이다.

누나는 위험에 처하기 전에는 오른팔을 사용하지 말라고 했으나 지금은 어느 한순간 위험하지 않은 때가 없다.

도를 왼쪽 어깨에 메고 있다가 위급한 순간에 낭패를 당하고 나서 후회를 하기 전에 아예 주소옥을 낙양에 무사히 데려다줄 때까지는 오른팔을 사용하기로 한 것이다.

그때 문득 그와 주소옥이 탄 말과 같은 방향으로 나란히 걸어가고 있는 옆쪽의 강호인 몇 명의 대화가 들렸다.

"그렇다면 자넨 무엇 때문에 무정도와 자봉공주가 살아 있다고 주장하는 건가?"

쾌도비는 슬쩍 그들을 굽어보았다. 행색이나 가벼운 걸음걸이 등으로 미루어 무명소졸은 아닌 것 같았다.

하긴 쾌도비가 보니까 이곳에 모여든 강호인 중에서 이, 삼류는 없는 것 같았다.

한 지방에서 내로라는 고수들만 한참 진행 중인 신화에 동참하려는 것이지 이, 삼류들은 언감생심 마음은 있어도 직접 올 엄두를 내지 못할 터이다.

"첫째, 두 사람의 시체가 아직 발견되지 않았네."

"어째서 그렇게 확신하는 거지?"

"두 사람의 시체가 발견됐다면 수많은 수색대가 왜 깊은 산중을 수색하고 있는 것이며, 거리 곳곳을 누비는 추격대는 뭐란 말인가?"

"흠!"

무정도와 자봉공주가 살아 있다고 주장하는 날렵한 외모의 중년인이 설명을 이었다.

"둘째, 나는 자봉공주를 호위하고 있는 무정도가 호락호락한 인물이 아닐 것이라고 믿네. 추격대 천여 명을 죽이고 감쪽같이 사라진 것만 봐도 알 수 있지 않겠나?"

"그렇지."

"수만 명의 추격에서도 살아남았던 그가 설마 산짐승에게 당해서 죽었겠는가? 추격대가 두 사람을 죽였다면 시체를 찾으려고 저 난리를 피우지도 않겠지."

강호인들은 바로 옆에서 나란히 가고 있는 말 위에 무정도와 자봉공주가 느긋하게 앉아 있으리라곤 꿈에서도 상상하지 못할 것이다.

"그런데 도대체 누가 무엇 때문에 자봉공주를 죽이려는 것인지 모르겠군."

처음에 물었던 고수가 고개를 갸웃거리자 날렵한 외모의 고수가 목소리를 낮추었다.

"소문에 의하면 악양과 무창에 팔신궁 고수들이 대거 진을 치고 있다는군."

"사신육비의 그 팔신궁말인가?"

"그렇네. 팔신궁의 최하위인 무극사신들은 물론이고 현무붕신(玄武鵬神)들과 무상표신(無上豹神), 심지어 사해웅신(四海熊神)들까지 백 명 이상이 와 있다는군."

듣고 있던 쾌도비는 미간을 찌푸렸다. 무극사신의 위로 세 등급들까지 악양과 무창에 와 있을 줄은 몰랐었다. 그게 정말이라면 팔신궁은 추적을 늦춘 것이 아니라 가일층 고삐를 죄려는 것이 분명했다.

"설마 자봉공주를 죽이려는 것이 사신육비의 팔신궁이었다는 말인가?"

"지금 흘러가고 있는 모양새로 봐서는 아무래도 그런 것 같지 않은가?"

"황족을 죽이려 하다니 팔신궁은 자금성이 두렵지 않은 것인가? 원래 강호와 황궁은 상호불가침을 원칙으로 하는데 팔신궁이 금기를 깬 것이로군."

이후 강호인들은 남령왕이 이십여 년 전에 역모를 꾸몄다가 곤명으로 유배된 것이 당금 황제의 음모라든가, 황제는 자기보다 훨씬 총명하고 덕망이 높은 남령왕이 언젠가는 황위를 찬탈할지도 모른다는 의심을 품고 있다가 팔신궁에게 자봉공주는 물론이고 남령왕까지 죽이라고 은밀하게 명령했을지도 모른다는 등의 추측성 대화가 이어졌다.

대화를 계속 듣고 있던 쾌도비는 그들의 말이 매우 설득력이 있어서 어쩌면 팔신궁을 움직인 것이 황제일지도 모른다는 생각이 들었다.

"그런데 자네, 그 소문 들었나?"

팔신궁 얘기를 꺼냈던 세 번째 강호인이 또 다른 화제를 꺼냈다.

"자네들 흑창사비 알지?"

"사신육비의 흑창사비 용연풍이라면 모르는 사람이 어디에 있겠나?"

"자네들 놀라지 말게. 무정도가 흑창사비를 반쯤 죽여놨다는 소문이 있네."

두 명의 강호인은 걸음을 멈추고 혼비백산했다.

"맙소사… 그게 정말인가?"

"무정도가 아무리 고강하다고 해도 흑창사비를… 그 소문은 잘못된 것 같군."

세 번째 강호인은 제법 정확한 소식통을 갖고 있는 듯했다.

"몇 달 전에 다 죽어가는 흑창사비가 마차에 실려 악양으로 와서는 제일 용하다는 의원에 들어가는 것을 직접 본 사람이 있네."

"그게 누군가?"

"개방 악양분타 제자일세."

"호오… 개방제자가 목격했다면 틀림없겠군."

"무정도 정말 굉장하군. 강호육비 흑창사비를 그 지경으로 만들어놓다니……."

쾌도비는 멈춰 있는 강호인들의 얘기를 등 뒤로 들으면서 씁쓸한 기분이 들었다.

사실은 그가 용연풍에게 공격다운 공격조차 한 번 해보지도 못하고 형편없이 당해서 저승 문턱까지 갔다가 구사일생 목숨을 건졌는데 거꾸로 소문이 난 것이다.

그러나 용연풍이 산송장 같은 몰골이 됐다면, 쾌도비가 낭떠러지에서 떨어지면서 휘두른 오른팔이 용연풍을 제대로 후려갈긴 것이 틀림없다.

늦은 아침에 악양을 출발하여 정오 무렵이 되었을 때 쾌도비는 이상한 광경을 발견했다.

많은 사람이 관도 양편 가장자리로 길게 줄지어서 앞쪽에서 마주 걸어오고 있었다.

그들의 행색이나 절도 있는 움직임으로 미루어 일개 무사가 아닌 고수들이 분명했다.

그들은 관도를 오가는 행인들을 유심히 살펴보면서 쾌도비가 있는 곳을 지나쳐서 계속 뒤쪽으로 걸어갔다.

뭔가 심상치 않음을 감지한 쾌도비는 악양 쪽으로 천천히 말머리를 돌렸다. 이상한 생각이 들면 즉시 그 자리를 뜨는 것이 상책이다.

"거기 너! 가던 길을 계속 가라!"

그러자 관도 가장자리로 걸어가던 고수 한 명이 쾌도비를 가리키며 꾸짖듯이 외쳤다.

쾌도비는 어떻게 할지 순간적으로 갈등했다. 관도 양쪽으로 길게 줄지어 가고 있는 고수들은 관도를 오가는 사람들을 감시하고 또 다른 데로 새지 못하도록 포위하고 있는 것 같았다.

그렇다는 것은 필경 앞쪽에 대대적인 검문 같은 것이 있는 게 분명했다.

그래서 쾌도비는 악양 쪽이나 아니면 관도 양옆의 고수들을 뚫고 산이나 들로 도망칠 것인가, 아니면 검문이든 뭐든 일단 부딪쳐 볼 것인가를 고민했다.

관도 양옆의 고수들을 뚫고 도망치는 것은 간단하지만 그 이후의 일은 절대로 간단하지가 않을 것이다.

그런 무모한 행동은 내가 바로 무정도 쾌도비이고 함께 있는 사람이 자봉공주라고 만천하에 큰 소리로 떠드는 것이나 다름이 없다.

그리되면 또다시 생사의 추격전이 벌어질 것이며 그 양상은 예전하고는 확연히 다를 터이다.

악양과 무창에 팔신궁의 고수들이 대거 와 있으므로 예전에 비해서 몇 배는 더 막강한 추격대가 결성될 것이며, 쾌도비와 주소옥으로서는 실로 가혹한 생사의 도주가 될 것이 분명하다.

거기까지 생각한 쾌도비는 그냥 가던 길을 계속 가기로 결정을 내렸다.

조금 전에 말머리를 돌리다가 지적을 당했으므로 관도 양

옆의 고수들이 계속 주시하고 있을 텐데 또다시 수상한 행동을 하면 저들이 이번에는 가만히 있지 않을 터이다. 긁어 부스럼을 만들 필요는 없다.

일단 관도 앞쪽에 무엇이 있는지 부딪쳐 보기로 했다. 그와 주소옥은 변장을 완벽하게 했으므로 검문을 통과하는 것은 별문제 없을 것이라고 생각했다.

관도에는 수천 명의 사람이 뒤섞여서 멈춘 채 인산인해를 이루고 있었다.

사람들은 관도에서 앞으로 가지도 못하고 뒤로 돌아설 수도 없는 상황에서 저마다 불평을 터뜨리느라 장터보다도 더 시끄러웠다.

더구나 도대체 왜 오도 가도 못하는 것인지 이유를 알지 못해서 더욱 답답해했다.

하지만 마상에 앉아 있는 키가 큰 쾌도비는 칠, 팔십여 장 전방에서 무슨 일이 벌어지고 있는지 잘 보였다.

그곳에서는 수백 명의 군사가 관도를 차단하고 한복판에 좁은 길만 터놓은 상태에서 행인들을 한 명씩 검문하면서 통과시키고 있는 중이다.

그리고 검문을 하거나 군사들 뒤쪽에 진을 치고 있는 이십여 명은 독특한 황의를 입은 고수였다.

쾌도비는 강호 경험이 풍부하지만 저런 독특한 황의를 입은 인물은 처음 본다.

햇빛에 반사되는 것을 보니 비단으로 만든 황의인 것 같았으며, 그 위에 겉옷으로 팔이 없는 붉고 푸른색의 동의(胴衣:조끼)를 걸쳤고, 동의 전체에는 백호의 문양이 수놓아져 있었다.

백호 문양을 보고 쾌도비는 혹시 저들이 팔신궁의 인물이 아닐까 하고 생각해 보았다.

저들이 팔신궁이라면 백호니까 호신, 즉 서열 사 위의 등급이다. 오 위인 사해웅신까지 온 것으로 아는데 그보다 한 등급 위인 섬광호신(閃光虎神)까지 왔을 줄은 몰랐다.

그런데 그때 쾌도비의 눈이 가볍게 빛나면서 한 사람에게 시선이 멈추었다.

황의 고수들 뒤쪽에는 두 필의 흑마와 백마가 나란히 서 있으며, 마상에는 일남일녀가 늠름한 모습으로 앉아 있는데 그중 여자는 어젯밤에 쾌도비가 강도질을 했던 삼색 소녀, 즉 주선란이 분명했다.

그녀를 발견한 순간 쾌도비는 어떻게 된 일인지 짐작할 수 있었다. 관도를 가로막은 채 검문을 하고 있는 것은 주선란이 자신을 강도질한 범인, 즉 쾌도비를 찾아내려는 의도가 분명했다.

쾌도비는 그녀의 부유한 행색으로 봐서 부호나 고관대작의 딸일 것이라고 짐작했었는데, 백주대낮에 군사와 고수들을 대규모로 동원하여 관도까지 가로막을 정도로 대단한 권력이 있을 줄은 몰랐다.

그러나 그녀가 누구든 그것은 나중 문제고 지금은 어떻게든 검문을 통과해야만 한다.

쾌도비가 유심히 살펴보니까 검문하는 황의 고수들은 행인 중에서 남녀 한 쌍이면 무조건 잡아내서 따로 집중적으로 검문과 심문을 병행하는 것 같았다.

그로 미루어 어젯밤에 주선란은 쾌도비뿐만 아니라 주소옥까지 본 것이 분명하다.

쾌도비는 이 정도로 대단한 권력을 지니고 있으면서도 그까짓 돈 몇 푼 강탈당했다고 관도를 온통 가로막고 수천 명에게 불편을 끼치고 있는 주선란이 가증스럽게 여겨져서 차라리 어젯밤에 죽였거나 동맥이 끊어진 것을 그대로 놔둬서 죽게 했으면 이런 일이 일어나지 않았을 것이라는 후회가 들었다.

어쨌든 한 필의 말에 쾌도비와 주소옥이 같이 타고 있으므로 검문에서 일단 무조건 붙잡힐 것이 분명하다.

이후에 다시 샅샅이 검문을 다시 한다면 주소옥의 역용이 드러날 가능성이 크다.

쾌도비는 빠르게 주위를 둘러보았다. 원래 사람이 많아서 복잡했던 관도는 물에 밥을 말아놓은 것처럼 북새통을 이루고 있었다.

문득 멀지 않은 옆쪽에 수레를 몰고 있는 일가족으로 보이는 사람들이 눈에 띄었다.

삼십대의 부부가 앞에 나란히 앉아 있고 뒤에는 절반쯤 자루들이 실렸으며 그곳에 남매로 보이는 아이들이 기대앉아서 놀고 있었다.

주소옥은 이미 깨서 허리를 꼿꼿하게 펴고 전방을 뚫어지게 주시하고 있었다.

"무슨 일이야?"

그녀는 전방에서 시선을 떼지 않은 채 그에게 물었다.

쾌도비는 주위의 이목이 있으므로 지금 상황에 대해서 전음으로 재빨리 설명해 주었다.

설명을 듣고 난 주소옥은 낭패한 표정을 짓더니 잠시 후에 주먹을 꼭 쥐고 입술을 깨물었다.

"어젯밤에 그녀를 죽이는 건데 잘못했어."

주소옥은 섣부른 자비가 때로는 큰 화를 부른다는 사실을 몸소 체험하고 나서야 후회를 했다.

그러나 후회라는 것은 아무리 빨리 해도 늦게 마련이다. 이제 와서 후회를 해봐야 죽은 자식의 싸늘한 배를 만지는 것이나 같다.

　[잠시 저쪽에 가 있으시오.]

　"돈을 줘야 하나?"

　쾌도비가 수레를 눈으로 가리키자 주소옥은 무슨 뜻인지 알아차리고 긴장된 얼굴로 물었다.

　[괜찮소.]

　이때만큼은 그녀는 쾌도비하고 함께 있겠다고 어깃장을 부리지 않고 고분고분했다. 사태의 심각함을 알기 때문이다.

　쾌도비는 대답을 하고 사람들을 헤치면서 말을 몰아 수레 옆으로 바싹 다가갔다.

　순박한 백성들의 도움을 얻는 것은 몇 푼의 돈이 아니라 인정으로 부탁해야 한다는 사실을 쾌도비는 잘 알고 있다.

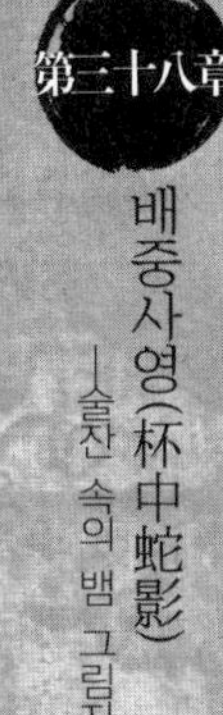

第三十八章

배중사영(杯中蛇影)

—술잔 속의 뱀 그림자

　지루하게 반 시진을 기다린 끝에 주소옥이 탄 수레가 검문을 받을 순서가 다가왔다.

　쾌도비는 수레 뒤에 바싹 따라붙지 않고 일부러 약간 뒤쪽으로 처졌다. 일행일지도 모른다는 의심을 받지 않으려는 계산이다.

　그는 주소옥이 무사히 검문을 통과할 것이라고 안심했다. 어딜 봐도 의심할 만한 구석이라곤 없는 일가족처럼 보이기 때문이다.

　또한 주선란은 무정도와 자봉공주를 잡으려는 것이 아니

라 강도질을 한 범인을 잡으려는 것이므로 그다지 걱정을 하지 않았다.

지금의 상황을 보면 주소옥에게 선견지명이 있는 것 같다. 오늘 아침에 일어나서 쾌도비는 어제와 똑같은 모습으로 출발하려고 했는데, 그녀가 자신의 역용을 다르게 해달라고 주문했으며 쾌도비에게도 수염을 깎는 등 모습을 바꾸라고 말했었다. 그녀가 아니었다면 이곳에서 꼼짝없이 낭패를 당할 뻔했다.

주소옥 등이 검문을 받는 동안 쾌도비는 검문을 하고 있는 황의 고수들과 주선란, 그리고 그 옆의 청년을 유심히 살펴보았다.

황의 고수들은 멀리에서 봤던 것하고는 사뭇 다르게 보였다. 우선 전신에서 풍기는 기운이나 기상이 강호의 고수들하고는 차이가 있었다.

뭐랄까 잡스럽지 않고 고고하면서도 위엄이 서린 듯한 분위기를 지니고 있었다.

그러나 한 가지 분명한 것은 무극사신하고는 전혀 격이 다르다는 사실이다. 즉, 그것은 황의 고수들이 팔신궁 사람은 아닐 것이라는 뜻이다.

주선란은 어젯밤처럼 화려한 옷차림에 보석과 장신구로 치장을 한 모습이다.

어젯밤하고 다른 게 있다면 캄캄한 밤에 봤을 때보다 대낮의 햇빛 아래에서 그녀의 아름다움이 한층 빛나고 있다는 사실이다.

그렇지만 쾌도비 눈에는 거리에서 흔하게 마주치는 추녀하고 다를 바 없이 보였다.

그녀 옆에 백마를 타고 그녀와 대화를 나누고 있는 청년은 이십오륙 세 정도의 나이에 묘한 매력을 풍기는 준수한 기남자였다.

일견 용맹해 보이기도 하면서 아울러 탈속한 듯 청수한 기풍이 서려 있었다.

쾌도비는 청년과 주선란이 매우 닮은 것을 보고 두 사람이 남매간일 것이라고 추측했다.

그가 막 시선을 거두려고 하는데 수레를 검문하던 황의 고수의 말이 들렸다.

"통과해라."

쾌도비의 예상이 맞았다. 주소옥이 탄 수레는 눈에 불을 켜고 찾아봐도 의심을 살 것이 없다.

"기다려라."

그런데 그때 청년과 애기를 나누면서 검문대 쪽을 주시하고 있던 주선란이 갑자기 말을 몰아 수레로 다가가는 것이 아닌가.

그걸 보고 쾌도비는 움찔 몸이 굳었다. 주선란이 도대체 무엇 때문에 제지를 하는 것인지 짐작이 가지 않았다.

주선란의 명령에 황의 고수들이 재빨리 수레를 가로막고 에워쌌으며, 수레로 다가간 주선란은 거두절미하고 주소옥을 내려다보았다.

"너, 나를 봐라."

어린 남매와 함께 앉아 있던 주소옥은 조금 겁먹은 듯한 표정으로 주선란을 올려다보았다. 진짜 겁먹은 것이 아니라 겁먹은 체하는 것이다.

주선란은 주소옥의 얼굴과 전신을 살피더니 눈을 뚫어지게 주시했다. 그녀가 기억하고 있는 것은 한 쌍의 맑고 영롱한 눈이다.

그렇지만 역용을 한 주소옥은 가느다랗고 쪽 째진 눈을 갖고 있어서 눈빛만으로 그녀가 어젯밤에 쾌도비에게 업혀 있던 여자라는 것을 알아보는 것은 무리다.

주선란은 주소옥을 가리키면서 불안한 표정으로 뒤돌아보고 있는 부부에게 물었다.

"이 여자는 너희와 어떤 관계냐?"

"아… 네… 그 아이는 처조카입니다요……."

남편이 연신 굽실거리며 더듬거리면서 대답했다. 주소옥은 이들 가족에게 단지 태워달라고만 했었는데, 처조카라고 둘러댄 것은 남편의 기지다.

"처조카라면서 어째서 둘이 전혀 닮지 않았느냐?"

"그… 그것은……."

남편은 자신의 아내와 주소옥의 얼굴을 번갈아 보면서 할 말을 찾지 못해 당황했다.

사실 주선란은 수레에 탄 다섯 명 중에서 유독 한 명, 즉 주소옥 혼자만 다른 네 명과 닮지 않아서 수레를 멈추게 한 것이다.

"사실대로 말해라. 이 여자는 너희와 어떤 관계냐?'

"네… 그 아이는 처조카……."

"죽여라."

남편의 대답이 끝나기도 전에 주선란의 싸늘한 명령이 떨어졌고, 그와 동시에 황의 고수 한 명이 어깨의 도를 뽑는 것과 동시에 남편의 목을 잘랐다.

팍!

남편은 단칼에 목이 잘려서 수급이 허공으로 둥실 떠올랐다가 땅에 떨어졌으며, 머리가 없는 목에서는 분수처럼 피가 솟구쳤다.

아내와 어린 남매는 혼비백산한 표정으로 목에서 피를 뿜고 있는 남편이자 아버지를 쳐다볼 뿐 너무 놀라서 비명조차 지르지 못했다.

그러나 일은 주소옥에게서 터졌다. 남편의 목이 베어지는 것을 목전에서 목격한 그녀는 눈을 동그랗게 뜨고 놀라더니 대뜸 발딱 일어나 주선란을 엄하게 꾸짖었다.

"네 이년! 네까짓 게 뭔데 함부로 선량한 사람을 죽이는 것이냐?"

그녀는 자신의 눈앞에서 벌어진 일 때문에 너무 분노해서 견딜 수가 없었던 것이다.

그때 이미 쾌도비는 마상을 박차면서 일직선으로 주소옥을 향해 곧장 쏘아가면서 오른손으로 품속에서 비도쾌를 뽑고 있었다. 필경 이제 곧 무슨 일이 벌어질 것이라고 판단한 것이다.

주소옥은 자신을 도와주려다가 오히려 죽음을 당한 남편과 가족의 참담한 심정 때문에 지금 이 순간에는 눈에 보이는 것이 없다.

"네 이년! 이 사람이 네년에게 죽어야 할 이유가 무엇이냐? 네 목숨만 소중하고 백성의 목숨은 하찮은 것이냐?"

주선란은 기가 막힌다는 표정을 짓고 있다가 뭔가 퍼뜩 생각나는 것이 있었다.

주소옥의 목소리가 어젯밤에 들었던 쾌도비에게 업혀 있던 여자의 목소리와 같다는 사실이다. 그녀는 즉시 황의 고수들에게 명령했다.

“이년을 잡아라.”

고오오—

그때 허공을 길게 울리는 한 줄기 바람 소리가 흘렀다. 비쾌법의 일 초식 천지무쌍쾌의 도강이 전개되었다.

다음 순간 주소옥을 양쪽에서 붙잡으려고 다가가던 황의 고수 두 명의 머리가 잘 익은 수박처럼 터지면서 어깨 위의 머리가 갑자기 사라졌다.

픽! 픽!

주선란이 움찔 놀라서 재빨리 주위를 둘러보다가 검문대 너머 허공에서 비스듬히 내려꽂히는 쾌도비를 발견하고 흠칫 놀라는 것 같더니 즉시 어깨의 검을 뽑자마자 주소옥의 목을 찔러갔다.

주선란은 이 둘이 어젯밤에 자신을 능욕한 파렴치한 강도 남녀가 분명하다고 단정했다.

그러나 그때는 이미 쾌도비가 주소옥에게 당도한 상황이다. 그는 왼손으로 주소옥의 허리를 안는 것과 동시에 오른손의 비도쾌로 찔러오는 주선란의 검을 막았다.

쨍—

비도쾌에 부딪친 주선란의 검이 산산이 부서졌다.

그와 동시에 쾌도비의 오른 발끝이 주선란의 하체를 힘껏 걷어찼다.

픽!

"으악!"

그의 발등이 하필이면 주선란의 사타구니를 걷어차서 허공으로 가랑잎처럼 날아가게 만들었다.

쾌도비는 뒤도 돌아보지 않고 주소옥을 안은 채 관도 오른쪽 들판을 향해 달리기 시작했다.

"선란아!"

주선란과 대화를 나눴던 청년, 즉 그녀의 둘째 오빠 주우명은 날카롭게 외치면서 날아가고 있는 주선란을 향해 신형을 날려 잡으러 갔다.

누이동생을 먼저 구해야 하기 때문에 미처 쾌도비를 추격할 겨를이 없었다.

대신 황의 고수들이 일제히 쾌도비를 추격하기 시작했다.

쾌도비는 오른팔의 공력을 두 발에 주입하면서 땅을 박차며 순식간에 멀어져 갔다.

"선란아!"

주우명은 날아가는 주선란을 잡고 바닥에 내려서 그녀를 품에 안고 살펴보았다.

주선란의 입과 코, 귀에서 검붉은 피가 흘러나왔으며 흰색 바지를 입은 하체, 즉 사타구니는 온통 피투성이였다. 온몸의 모든 구멍인 칠공(七孔)에서 피를 흘리는 것으로 미루어 엄중한 내상을 입은 것이 분명했다.

"선란아……."

주선란은 반쯤 뜬 흐릿한 눈으로 주우명을 바라보면서 꾸역꾸역 피를 토하며 간신히 중얼거렸다.

"오… 라버니… 그놈을 반드시… 잡아……."

그러나 그녀는 말을 끝내지 못하고 눈을 감았다.

"선란아!"

주우명은 누이동생이 죽은 줄 알고 처절하게 울부짖고는 급히 그녀의 가슴에 귀를 댔다.

심장이 매우 희미하게 박동하는 것을 확인한 주우명은 안심하기보다는 안색이 더욱 창백해졌다.

관도에서 남쪽으로 칠십여 리쯤에 막부산(幕阜山)이 있다.

쾌도비는 주소옥을 업고 곧장 막부산으로 내달렸다.

막부산은 악양 남쪽에서 무창 남쪽까지 길게 뻗어 있는 대산맥이다.

길이 삼백여 리 폭 이백여 리에 달하는 막부산에 숨어버리면 추격대가 찾아내는 일이 쉽지 않을 것이다.

그러나 쾌도비는 막부산으로 들어가지 않았다. 막부산이

아무리 험하고 거대하다고 해도 산으로 들어가는 것은 예전 처럼 또다시 구렁텅이 속으로 기어들어 가는 것이나 다름이 없다고 생각했다.

그 처절했던 전철을 일부러 또다시 밟을 수는 없다. 이번에 다시 산으로 들어가면 살아서 세상으로 나오기는 어렵다고 봐야 한다.

그러므로 무슨 일이 있어도 사람들이 사는 세상을 벗어나선 안 된다고 생각했다.

그렇지만 추격대를 혼란에 빠지도록 할 필요는 있다. 쾌도 비는 막부산으로 가는 것처럼 이십여 리쯤 남쪽으로 달리다 가 무창이 있는 북동쪽으로 방향을 틀었다.

그는 오른팔의 공력을 이용해서 한 번에 수십 장씩이나 도 약하기 때문에 흔적은 거의 남기지 않았다.

쾌도비와 주소옥이 황당호(黃塘湖)에 도착했을 때에는 들 판에 어스름 땅거미가 깔리고 있었다.

황당호는 무창 남쪽에 있는 두 개의 호수 중에 아래쪽에 위 치해 있다.

위쪽의 노호(魯湖)는 작고 황당호는 노호보다 서너 배 더 크다. 이 두 개의 호수는 서쪽으로 장강을 끼고 있으며, 동남 쪽에는 막부산이 평행으로 나란히 있다.

두 개의 호수를 막부산 쪽으로 빙 돌아가는 것은 많은 시간
을 허비할 것이다.

쾌도비는 처음에 관도에서 막부산 쪽으로 이십여 리쯤 가
다가 무창 쪽으로 방향을 틀어 오십여 리쯤 왔으니까 도합 팔
십여 리를 쉬지 않고 달려온 셈이다.

그런데 여기까지 오는 동안 주소옥은 한마디 말도 하지 않
고 죽은 듯이 침묵만 지키고 있다.

어젯밤에 주소옥이 주선란을 살려주라고 했었고 그것 때
문에 이 모든 난리가 벌어졌다.

만약 주선란을 죽게 내버려 뒀으면 두 사람은 지금쯤 편안
하게 무창으로 가고 있을 것이고, 그들을 도와주려고 했던 무
고한 백성은 죽지 않았을 것이다.

그래서 주소옥은 모든 것이 자신의 탓이라고 자책하고 있
는 듯했다.

하지만 쾌도비는 섣부르게 그녀를 위로하지 않고 가만히
내버려 두었다.

지금까지의 경험에 의하면 그녀는 이런 상황에서는 어떤
위로도 받아들이려고 하지 않았었다.

그러면 스스로 실컷 꾸짖고 자책한 뒤에 그만큼 또 성장해
있을 것이다.

쾌도비는 황당호와 노호의 지리에 대해서 자세히 몰라도

어느 정도 알고 있기에 배를 타고 황당호와 노호를 건널 생각
을 했다.

　그렇게 하면 막부산 쪽으로 돌아서 가는 것보다 최소한 세
배 이상 빠를 것이다.

　황당호는 호숫가에 굴곡이 심하고 갈대와 늪지가 잘 발달
되어 있으며 호수에 물고기가 많아서 주변에 꽤 많은 어촌이
자리 잡고 있다.

　쾌도비는 황당호를 건너기 위해서 어촌에서 작은 고깃배
한 척을 훔쳐서 탔다.

　북동쪽으로 가야 하니까 밤이라고 해도 달과 별을 보면서
방향을 잡으면 된다.

　겨우 일 장 반 길이에 석 자 폭의 매우 작은 배이며 앞과 뒤
의 고양이 뺨만 한 좁은 공간을 제외한 전체가 움막으로 둘러
쳐져 있다.

　끼이이… 끼이…….

　주소옥을 움막 안에 앉히고 쾌도비는 고물에 서서 부지런
히 노를 저었다.

　황당호는 북동에서 남서로 길쭉한 호수라서 길이가 사십
오 리 정도이며 이 속도로 가면 내일 동틀 녘이면 반대편에
도착할 것 같았다.

움막 안에 기대어 있는 주소옥은 모아서 세운 두 무릎을 두 팔로 끌어안고 무릎 위에 뺨을 묻고 눈을 감은 채 꼼짝도 하지 않았다.

그녀 딴에는 굉장한 충격이었던 것 같다. 왜 그렇지 않겠는가. 강도질을 했던 주선란이 군사들과 고수들을 동원하여 관도상에서 대대적인 검문을 한 것부터 쾌도비와 주소옥이 탈출하여 이곳에 이르기까지 모든 것이 충격의 연속이었으며 아직 충격의 한복판에 있는 중이다.

*   *   *

악양에서 가장 큰 영생의원(永生醫院)은 한밤중인데도 대낮처럼 불이 환하게 밝혀져 있다.

뿐만 아니라 수많은 사람이 드나들고 있으며 삼엄한 경계를 서고 있는 광경이다.

의원 바깥과 거리에는 악양에 주둔하고 있는 군사들이 경계를 서고, 의원 전문과 주변은 황의 고수, 즉 황궁의 백호고수들이 지키고 있다.

주선란이 치료를 받고 있는 의방에는 그녀를 치료하고 있는 초로의 의원과 심부름하는 여 조수 한 명, 그리고 주우명

뿐이다.

정오를 한 시진쯤 넘어서 시작된 치료는 술시(戌時:밤 8시)가 지나고 있는 지금까지도 이어지고 있다.

"살리지 못하면 의원의 가솔을 모조리 죽이겠다."

치료를 시작하기 전에 주우명이 의원에게 한 말이다.

주우명은 학식이 높고 이해심이 깊으며 사리분별이 밝은 사람이지만, 이 상황에서는 누이동생의 생사가 걸린 일이므로 이성을 잃고 말았다.

의원의 삼십여 가솔의 생사가 걸려 있는 치료는 해시(亥時:밤10시)가 돼서야 끝났다.

의원은 온몸이 땀범벅이 되어 혼절하기 직전의 얼굴로 주우명 앞에 고개를 조아렸다.

"공주님께서는 고비는 넘기셨습니다."

그렇지만 주선란은 그때까지도 깨어나지 못했으며 얼굴은 백지장처럼 창백해서 시체나 다름이 없어 보였다.

주우명이 직접 그녀의 맥을 짚어보고 심장박동을 들어보니까 과연 처음에 이곳에 데려왔을 때보다 조금 나아진 것을 알 수 있었다.

혼절한 채 사경을 헤매고 있는 누이동생을 지켜보고 있는 주우명의 심정은 자신이 그런 처지에 놓여 있는 것보다 더 괴로웠다.

그는 이틀 전 무창에서 누이동생과 사소한 말다툼을 한 것을 지금에서야 땅을 치면서 후회하고 있다.

사실 따지고 보면 그것은 말다툼이 아니었다. 주선란이 자신들 손으로 직접 무정도를 죽이고 자봉공주를 잡자고 하면서 지나치게 흥분하는 것 같아서 주우명이 너무 설치지 말라면서 주의를 주었다.

그랬더니 영웅심에 휩싸인 주선란은 그의 충고를 곡해했다. 둘째 오라버니는 태자의 위를 뺏긴 것 때문에 큰 오라버니를 돕지 않으려는 것이냐면서 얼토당토않은 소리를 하기에 언성을 높이며 화를 냈더니 그녀는 그 길로 뛰쳐나가 혼자 악양으로 향했던 것이다.

그날은 주우명도 화가 나서 백호고수의 호위도 없이 혼자 뛰쳐나간 누이동생을 잡을 생각이 들지 않았었다.

그러나 하루가 지나도록 주선란에게서 아무런 소식이 없자 은근히 걱정이 돼서 서둘러 악양으로 오다가 오늘 아침에 관도 상에서 그녀를 만났었다.

그리고 그녀가 무정도와 자봉공주에게 강도를 당했다는 말을 들었으나 선뜻 믿어지지 않았다.

그녀의 말로는, 강도가 일남일녀였으며 그중 남자가 도를 사용하는데 솜씨가 절정고수 수준이었다는 것과 두 사람의 눈빛이 범상하지 않아서 무정도와 자봉공주가 틀림없다는 것이었다.

　주우명은 그녀에게 강도질을 한 일남일녀가 무정도와 자봉공주라고는 믿지 않았으나, 누이동생에게 강도질을 한 범인을 붙잡기 위해서, 그리고 자신이 심하게 꾸짖어서 그녀가 뛰쳐나간 바람에 그런 일을 당한 것에 대한 사과의 의미로 대대적인 검문에 동조했었던 것이다.

　그러나 이제는 상대가 무정도나 자봉공주일 것이라는 추측은 중요하지 않았다.

　그들이 누이동생을 이 지경으로 만들어놓았다는 사실을 주우명은 절대로 용서할 수가 없었다.

　주우명은 반 시진 정도 더 누이동생 옆을 지키다가 의방을 나와 다른 방으로 갔다.

　그 방에는 두 명이 의자에 앉아서 기다리고 있다가 주우명이 들어서자 급히 일어나 공손히 예를 취했다.

　두 사람 중에 황의 고수는 백호고수의 우두머리인 백호장(白虎長)이고, 또 한 명은 팔신궁의 사해웅신으로서 웅신사령주(熊神四領主)다.

　팔신궁에서는 이곳에 웅신부터 사신까지 네 개 등급 백여 명의 고수를 파견했으며 웅신사령주가 우두머리다.

　웅신사령주는 아무 영문도 모르는 상태에서 이곳에 불려

온 터라서 주우명이 무슨 말인가 해주기를 기다렸다.

물론 웅신사령주는 중천왕자(仲天王子)와 보현공주가 악양에서 무창으로 가는 길목에서 검문을 한다는 수하의 보고를 오늘 낮에 들었다.

난데없이 왕자와 공주가 하필이면 악양과 무창의 길목에서 검문을 벌인다는 사실이 웅신사령주로서는 뜻밖이었다.

그렇지만 그들의 검문으로 팔신궁의 일에는 방해가 없을 뿐더러 왕자와 공주가 하는 일을 일개 강호의 무부인 웅신사령주가 나서서 왈가왈부할 수도 없는 터라 수하들에게 지켜보기만 하라고 지시했었다.

"무슨 일이 있어도 그 일남일녀를 잡아야만 한다."

주우명은 자리에 앉자마자 짓씹듯이 중얼거렸다.

웅신사령주는 자신들이 할 일이 있기 때문에 주우명의 명령을 받들 수가 없는 상황이다.

"왕자님, 저희들은……."

"그들이 바로 무정도와 자봉공주다."

"……."

웅신사령주는 움찔 놀라면서 잠시 말을 잃었다가 조심스럽게 물었다.

"정말입니까?"

"내가 농담하는 것으로 보이느냐?"

"아닙니다."

주우명은 살기로 눈을 빛냈다.

"태자 전하이신 형님으로부터 전권을 위임받아 지금부터 내가 직접 총지휘를 하겠다."

웅신사령주는 자봉공주를 죽이라는 것이 태자의 청부라는 사실을 모르고 있었다.

단지 사신육비의 한 명인 철장잔비(鐵掌殘秘) 담자능이 팔신궁에 엄청난 거액을 지불하고 청부한 것으로만 알고 있을 뿐이다.

물론 팔신궁주인 무황천신(武皇天神)은 알고 있지만 웅신사령주는 그렇게만 알고 있다.

"그렇다면 자봉공주 암살 건은……."

"형님께서 담자능을 시켜서 청부하신 것이다."

그 사실을 비밀로 지켜야 하지만 누이동생의 복수를 하려는 주우명은 깊이 생각하지 않고 비밀을 발설했다.

이곳에서는 어떻게든 팔신궁의 도움을 받아야 한다고 생각했기 때문이다.

"아……."

웅신사령주는 낮은 탄성을 흘렸다가 깊숙이 허리를 굽혔다.

"알겠습니다. 왕자님 분부에 전력을 다하겠습니다."

어쨌든 무정도와 자봉공주를 죽이는 일이며 청부자가 직접 지휘하겠다는데 웅신사령주로서 마다할 이유가 없다.

주우명은 가볍게 고개를 끄떡였다.

"너희는 무정도와 자봉공주를 추격했던 경험이 있으니까 최대한 협조해다오."

"그런데 왕자님."

웅신사령주가 조심스럽게 입을 뗐다.

"뭐냐?"

"악양과 무창 일대에 천절문 고수들이 대거 들어와 있습니다. 저희는 그들과 충돌하지 않으려고……."

주우명은 손을 저었다.

"천절문은 내게 맡겨라."

*   *   *

유룡도(流龍刀) 공손우(公孫優)는 천절문 네 개의 전, 즉 천절사전(天絶四殿) 중 북풍전(北風殿)의 전주이며 이번 자봉공주 구출작전의 책임자다.

그는 이곳 악양과 무창에 북풍전 휘하고수 이백오십여 명을 모두 이끌고 왔다.

이번 일에 천절문 전체 세력 천 명 중에 사분지 일을 투입

한 것을 보면 천절문주가 자봉공주를 얼마나 중요하게 여기는지를 짐작할 수 있다.

공손우는 팔신궁이 자봉공주를 죽이려고 한다는 사실은 알지만 무엇 때문에 죽이려는 것인지 이유는 모른다.

또한 그는 자봉공주가 천절문주의 정혼녀이며 혼인을 하기 위해서 낙양 천절문으로 오고 있는 중이라는 사실을 천절문주에게 직접 들었다.

그러므로 이것은 천절문과 팔신궁의 경쟁이며 싸움이다. 아직 표면으로 드러나지는 않았으나 이 싸움이 본격화되면 사신육비 두 문파의 전쟁이 될 것이다. 사신육비의 두 거대문파의 자존심과 명성을 건 한판 전쟁이다.

"전주. 급히 보고드릴 것이 있습니다."

북풍전 휘하 네 개 당의 당주 한 명이 방으로 들어왔다. 그는 팔신궁을 감시하는 임무를 맡았다.

"조금 전에 웅신사령주가 중천왕자를 만났습니다."

당주는 운을 떼더니 곧이어 오늘 낮에 악양에서 무창으로 향하는 관도에서 중천왕자와 보현공주가 대대적인 검문을 실시했으며, 그 와중에 어떤 일남일녀에게 보현공주 주선란이 중상을 입었고, 일남일녀는 막부산 방향으로 도주했다는 것, 그리고 보현공주가 치료를 받고 있는 악양의 영생의원이라는 곳으로 팔신궁 웅신사령주가 들어갔다가 두 시진 만에 나왔다는 설명을 자세하게 했다.

"그 일남일녀는 자봉공주와 무정도가 틀림없다."

설명을 듣고 난 유룡도 공손우는 단정적으로 말했다. 팔신궁 웅신사령주가 중천왕자를 만나고 나왔다는 사실 때문에 그렇게 판단했다.

"팔신궁보다 우리가 먼저 그들을 찾아내야 한다."

앉아 있던 공손우는 벌떡 일어서서 자신의 최측근인 좌우 부전주에게 물었다.

"시킨 일은 어떻게 됐느냐?"

"악양에서 두 개, 무창에서 세 개 방, 문파가 협조하겠다고 약속했습니다."

팔신궁에게 협조하는 방, 문파가 있다면 천절문에도 그런 방, 문파가 있다.

차이가 있다면 팔신궁은 마구잡이로 방, 문파를 동원하지만, 천절문은 심사숙고하여 그 지역에서 최고라고 정평이 난 방, 문파를 끌어들였다는 사실이다.

공손우는 고개를 끄떡이고 나서 명령했다.

"그들에게 자봉공주와 무정도를 찾아내라고 지시하라. 무슨 일이 있어도 우리가 먼저 찾아내야만 한다."

"알겠습니다."

좌우 부전주가 명령을 받고 방을 나서려고 하는데 수하 한 명이 급히 달려 들어왔다.

"전주. 자신을 황궁의 백호장이라고 말하는 인물이 전주를
뵙겠다고 찾아왔습니다."

"백호장?"

"중천왕자의 전갈을 가져왔답니다."

"거절하겠소."

백호장은 중천왕자가 이곳에 파견된 천절문의 책임자를
데려오랬다고 말했으며 공손우는 일언지하에 거절했다.

백호장은 탁자에 마주앉은 공손우를 무섭게 노려보았다.

"감히 대명제국 왕자의 부름을 일개 무부가 거절한다는 말
인가?"

"나는 대명제국 사람이 아니오."

공손우는 끄떡도 하지 않고 대꾸했다.

"강호도 대명제국에 속해 있다."

공손우는 여유 있는 모습으로 빙그레 미소 지었다.

"억지를 부릴 생각이오?"

강호와 관(官), 특히 황궁하고는 별개라는 사실은 만인이
알고 있다.

"나를 만나고 싶으면 중천왕자더러 직접 오라고 하시오.
그러나 나는 바쁜 일이 있어서 자리를 비울 텐데 아무래도 중

천왕자를 만나는 것은 어려울 것 같소."

혀는 뼈가 없지만 뼈를 부러뜨릴 수 있다. 공손우의 말은
백호장의 뼈를 박살 냈다.

第三十九章

마권찰장(摩拳擦掌)
──주먹과 손바닥을 비비며 돌진할 기회를 노린다

오랫동안 쾌도비와 주소옥을 추적했던 팔신궁은 과연 축
적된 경험과 저력을 지니고 있었다.

웅신사령주는 추격대의 일부를 막부산으로 보내는 한편
악양과 무창에서 동원한 방, 문파를 모두 풀어서 전 지역을
탐문, 수색하도록 지시했다.

그리고 자정이 훨씬 지난 인시(寅時:새벽 4시) 무렵에 제일
보가 날아들었다.

무창 인근 황당호 남쪽 어촌의 어느 집에서 고깃배 한 척을
도둑맞았다는 내용이었다.

　평소에 흔히 있을 법한 자질구레한 도둑의 소행일 수도 있으나 웅신사령주는 그냥 지나치지 않았다.

　만약 무정도와 자봉공주가 고깃배를 훔친 것이라면 그들은 막부산으로 가지 않았다는 뜻이다.

＊　　　＊　　　＊

　끼이… 끼이이…….

　쾌도비는 부지런히 노를 저으면서 주위를 살피는 것을 게을리하지 않았다.

　아스라이 먼 막부산 쪽에서 부옇게 새벽의 여명이 밝아오고 있었다.

　밤새 쉬지 않고 노를 저어서 왔으므로 지금쯤 황당호 북쪽 기슭에 닿을 때가 되었다.

　호수에서는 새벽안개가 짙게 피어오르고 있어서 사위가 거의 보이지 않았다.

　쾌도비가 아무리 오른팔의 공력으로 안력(眼力)을 높인다고 해도 안개를 뚫고 볼 수는 없다.

　그는 추격대가 여기까지는 오지 않았을 것이라고 내심 확신했다.

　자신이 추격대의 생각이나 행동을 훨씬 앞지른 덕분이라

는 생각이다. 추격은 악양에서 시작되어 진행되고 있지만 이 곳은 무창 쪽이 가까워서 추격대의 손길이 미치지 않은 것이 분명하다.

끼이이…….

조용한 가운데 노 젓는 소리만 잔잔하게 울려 퍼지면서 고 깃배는 수면 위를 미끄러져 앞으로 나아갔다.

주소옥은 원래 움막 안에 있던 꾀죄죄한 이불을 덮고 곤히 잠들어 있다.

쾌도비는 자고 있는 주소옥을 보면서 마음이 짠해졌다. 이 미 벌어진 일인데 그녀가 너무 자책하는 것 같아서다.

쾌도비는 누나가 죽은 이후 혈혈단신으로 외롭게 천하를 떠돌았었는데 우연찮게 주소옥을 만나서 어쩌다 보니까 누나 만큼 정이 들어버렸다.

누나는 정말 비밀이 많았었다. 그녀는 쾌도비에게 부모나 친척, 그리고 과거에 대해서 한마디도 해주지 않았었다.

누나가 이름을 바꿔주기 전까지 쾌도비의 원래 이름은 예하운(叡河雲)이었다.

그러나 너무 오래 사용하지 않은 탓에 이제는 기억에도 까마득히 잊힌 이름일 뿐이다.

누나가 오른 손목에 흑청사 문신이 있는 자를 무엇 때문에 찾아서 죽이라고 했는지도 이유를 모른다. 누나에 대해서는 모르는 것투성이다.

추측을 해보려고 해도 무슨 실낱같은 단서라도 있어야 가능한 것이지 아무것도 모르는 상황에서는 추측 자체가 성립되지 않았다.

반면에 주소옥에 대해서라면 쾌도비는 모르는 것 없이 속속들이 알고 있다.

누나는 많은 의문만 남겨놓은 채 어린 쾌도비가 어떻게 해볼 겨를도 없이 죽어버렸다.

그러나 주소옥은 죽지 않았으며 쾌도비에겐 그녀를 지켜낼 능력이 있다. 누나처럼 그렇게 속수무책 죽게 내버려 두지는 않을 것이다.

그때 전방에 짙은 안개가 걷히면서 숲과 나무들의 풍경이 흐릿하게 나타났다.

황당호를 다 건넜다고 생각한 쾌도비는 힘을 내서 노를 저으려다가 멈칫했다.

전방에 숲만 있는 것이 아니라 호숫가에 서 있는 나무들이 움직이고 있었다.

그것들은 나무가 아니라 미리 대기하고 있던 고수들, 즉 추격대이며 얼핏 봐도 이십여 명 정도였다.

움찔 놀란 쾌도비는 즉시 전력을 다해서 노를 거꾸로 저어서 뒤로 물러나기 시작했다.

그러면서 그는 자신이 어촌 마을에서 고깃배를 훔친 것이 추격대에게 알려졌을 것이라고 추측했다.

그게 못내 마음에 걸렸었는데 결국 그것 때문에 이 지경이 되고 말았다.

배와 뭍까지의 거리는 오 장 정도였으며 호숫가에 늘어서 있는 고수들은 도검을 뽑아 들고 발을 구를 뿐 어떻게 하지는 못했다.

그로 미루어 그들은 오 장 거리를 도약할 정도의 고수는 아 닌 듯했다.

쾌도비는 배를 십여 장쯤 후퇴시켰다가 북서쪽으로 방향 을 바꿔 전력으로 노를 저으면서 이제 어떻게 할 것인지 궁리 를 했다.

그가 취할 수 있는 방법은 둘뿐이다. 다른 안전한 호숫가를 찾아서 뭍에 내려 도주할 것인지, 아니면 계속 배로 도주하느 냐는 것이다.

잠시 생각하던 그는 아무래도 호숫가에 내리는 것은 좋지 않다고 판단했다.

조금 전에 봤던 추격대는 쾌도비가 그곳으로 올 줄 알고 기 다렸던 것이 아니다.

쾌도비가 처음 배를 훔쳤던 황당호 남쪽에서 호수를 건널 것이라고, 즉 그의 목적지가 무창이라고 짐작하여 황당호 북쪽에서 기다렸다는 뜻이다.

그렇다면 호수 북쪽 전역은 이미 추격대가 대기하고 있다고 봐야 한다.

황당호 남쪽으로 되돌아가는 것이나 다른 방향도 사정은 비슷할 터이다.

또한 이곳에서 머뭇거리다간 추격대가 배를 타고 뒤쫓을 것이 분명하다.

아니, 이미 추격대가 황당호 주변 어촌의 배들을 징발하여 호수 곳곳을 이 잡듯이 뒤지고 있을 것이다.

호수에 짙게 깔린 안개 때문에 이삼 장도 채 보이지 않아서 답답하기 짝이 없다.

그러나 쾌도비는 곧 생각을 바꾸었다. 짙은 안개가 낀 지금의 상황은 쾌도비에게만 불리한 것이 아니라 추격대에게도 마찬가지일 것이다.

뭔가를 결정한 그는 노 젓기를 그만두고 주소옥을 깨우려고 움막으로 들어갔다.

그녀는 이미 깨어 있었다. 지금까지 단조로웠던 노 젓는 소리가 갑자기 급박해졌기 때문이다.

그녀는 쾌도비의 표정만 보고서도 추격대가 가까이에 있다는 사실을 직감했다.

쾌도비는 아무 말도 하지 않고 상의를 벗은 후에 그녀를 앞으로 안고 그 위에 옷을 입고 또다시 끈으로 칭칭 동여맨 다음에 등에 봇짐을 멨다. 이어서 한쪽 눈을 가렸던 안대와 역용을 떼어냈다.

주소옥은 무슨 일인지 그리고 어쩌려는 것인지 묻지 않고 두 팔과 두 다리로 그를 꼭 안았다.

[물속으로 들어갈 것이오. 눈을 감고 입을 다무시오.]

주소옥은 놀라지도 표정이 변하지도 않고 즉시 눈을 감고 입을 꼭 다물었다.

스륵…….

쾌도비는 배를 버리고 미끄러지듯이 물속으로 들어가 조금 전 추격대를 목격했던 호숫가를 향해 추호의 소리도 내지 않고 헤엄쳐 나갔다.

허허실실(虛虛實實)이다. 조금 전 같은 상황에서의 쫓기는 자라면 백이면 백 전부 죽어라고 다른 방향으로 도망을 칠 것이고, 추격대도 그렇게 생각하고 행동을 취할 터이다.

쾌도비는 그것을 역으로 이용하려는 것이다. 즉, 조금 전에 그를 발견했던 추격대는 지금쯤 그 자리에 없을 것이라는 얘기다.

짙은 안개 때문에 아직 아무것도 보이지 않지만 쾌도비는 호숫가에 가까워졌다는 것을 알고 물속으로 잠수해서 최대한 조용히 헤엄쳐 나갔다.

숨이 막힐 주소옥을 위해서 이따금씩 입술을 포개 공기를 불어 넣어주는 것을 잊지 않았다. 그래서 그녀를 앞으로 안았던 것이다.

그렇지만 쾌도비의 예상이 빗나갈 수도 있다. 추격대가 아직도 그 자리에 있고 그래서 발각된다면 최악의 상황에 처하게 될 것이다.

그렇지만 지금 상황에서는 이렇게 하는 것 외에는 다른 방법이 없다.

설혹 언 발에 오줌 누는 꼴이 되더라도 배에 남아 있다가 험한 꼴을 당하는 것보다는 낫다고 생각했다.

쾌도비는 폐부에 남아 있는 마지막 공기를 끌어내서 주소옥에게 불어 넣어주고 계속 물속으로 전진했다.

곧이어 발이 바닥에 닿아 거기서부터 걸어갔다. 수초와 우거진 갈대가 나타나고 수심이 점점 얕아지는 것으로 미루어 뭍이 가까워졌다는 것을 알 수 있다.

물이 허리에 그리고 무릎까지 차자 그는 최대한 몸을 숙인 자세에서 진흙 펄을 조심스럽게 디디며 갈대 사이로 느릿하게 전진했다.

아까 배에서는 오 장 거리에서도 뭍이 보였으나 지금은 키 높이가 낮고 우거진 갈대 때문에 시계가 차단된 탓에 뭍에 가까이 다가가지 않고는 확인할 수가 없다.

그러다가 문득 그는 자신에게 뛰어난 능력이 있다는 사실을 기억해 냈다. 오른팔의 공력을 귀로 보내서 주변을 감지하는 것이다.

전방은 고요했다. 이른 아침에 깨어나는 자연의 일상적인 소리만이 부산했다.

그리고 사람들이 움직이는 기척이 감지되긴 했으나 좌우로 멀리 떨어진 곳이다.

슷…….

이윽고 뭍에 올라선 그는 호숫가에 주저앉아 진흙 범벅인 신발과 다리를 물로 깨끗이 씻고 나서 숲으로 뛰어든 후에 주소옥을 제대로 등에 업었다.

진흙투성이로 숲에 들어갔다가는 고스란히 흔적이 남을 것이기 때문이다.

태양이 제법 떠올랐다. 황당호에서 나온 쾌도비는 대략 이각 동안 북동쪽을 향해 달렸다.

황당호에서 최대한 빨리 그리고 멀리 벗어나는 것도 중요하지만 흔적을 남기지 않는 것이 더 중요하다.

그의 계산으로는 황당호에서 십여 리쯤 달려온 것 같다. 이쯤이면 전방에 또 하나의 호수인 노호가 나타날 것이라고 생각할 즈음에 숲이 끝나고 전방의 시야가 탁 트이며 드넓은 호수가 앞을 가로막았다.

그는 숲 밖으로 나가지 않고 숲을 따라 북서쪽으로 방향을 바꿔서 달렸다.

노호를 따라서 북서쪽으로 십여 리 남짓만 가면 장강이 나오는데 그곳을 목적지로 삼았다.

장강에는 수많은 배가 왕래를 할 것이다. 그중에 적당한 배를 집어타고 될 수 있는 한 이곳에서 최대한 멀어져야만 한다.

지금은 거기까지만 생각을 했다. 앞으로의 상황이 어떻게 변할지 모르기 때문이다.

팔신궁 서열 오 위인 사해웅신은 모두 삼십이 명이고 네 개의 영(領)이 있으며 한 개 영에 여덟 명으로 이루어졌다.

이번에 악양으로 내려온 것은 네 번째인 웅신사령 여덟 명이며, 각 두 명씩 네 개 조가 전체 수하를 이끌고 있다.

이곳 노호에서 장강으로 가는 길목에는, 웅신 사해오령과 육령인 한 등급 아래의 무상표신 네 명과 그 아래 현무붕신 여덟 명, 최하위인 무극사신 이십 명, 그리고 악양에 적을 두고 있는 대풍보(大風堡) 고수와 무사 백오십 명을 곳곳에 매복시켜 두었다.

웅신사령주는 철저한 인물이다. 그는 지금껏 추격대를 지휘했었던 사신이십오령주에게 그간에 있었던 일들을 상세히 듣고 나서 무정도와 자봉공주가 도주하는 습성에 대해서 나름대로 정리와 파악을 했다.

그것에 의하면 무정도와 자봉공주는 영리한 토끼처럼 행동을 한다.

토끼는 굴 입구를 여러 개 뚫어놓고 또 굴속은 거미줄처럼 복잡하게 얽혀놓는다.

천적이 굴속으로 침입하면 복잡한 굴속에서 길을 헤매게 만들어놓고 토끼는 다른 출구를 통해서 유유히 도망치는 것이다.

그래서 웅신사령주는 무정도와 자봉공주가 최초로 발견된 황당호를 집중적으로 수색, 추적을 하되, 그들이 도주할 만한 여지가 있는 각 방향의 적지적소에 수하들을 배치시켜 놓았다.

그의 날카로운 추리와 통찰에 의한 적시적소 중 한 군데에 사해오령과 육령이 수하들을 이끌고 포진해 있는 것이다.

쾌도비 앞에 숲이 끝나고 나무 한 그루 없는 너른 들판이 나타났다.

그는 숲의 끝자락 나무 뒤에 숨어서 오른팔의 공력을 눈으로 보내 들판 너머를 뚫어지게 주시했다.

들판 끝까지는 대략 오 리 정도이고 그 너머에서 반짝이고 있는 것은 장강의 수면이 햇빛에 반짝이기 때문이다.

들판에는 나무는 없으나 짧게는 허리까지 길게는 키를 넘기는 풀이 무성했다.

쾌도비는 자신이 적의 우두머리라면 이곳에 수하들을 매복시켜 둘 것이라고 생각했다.

오른팔의 공력을 귀로 옮겨서 청력을 극대화시킨 결과 그의 생각은 적중했다.

감지된 기척으로 미루어 들판에는 최소한 백오십 명 이상이 매복하고 있는 것이 분명했다.

쾌도비에게 주어진 현재 상황에서의 나쁜 조건은, 지금에 와서 다시 발길을 돌려 왔던 길로 되돌아갈 수는 없다는 사실이다.

그리고 한 가지 다행스런 것은, 그가 이곳에 이르렀다는 사실을 매복하고 있는 적들이 아직 모르고 있으며, 꽤 넓은 지역에 적들이 흩어져서 매복하고 있다는 점이다.

이곳에서 장강까지의 폭이 오 리 정도고 좌우의 길이가 십여 리에 달하는데, 백오십여 명이 그 넓은 지역에 매복하고 있다면 쾌도비가 어느 한 곳을 정하여 일직선으로 뚫으면서 달린다고 해도 넓게 퍼져 있는 적들이 모여드는데 많은 시간이 소요될 것이다.

그렇지만 매복을 일직선으로 뚫는 것은 하책이다. 도주자는 무조건 싸움을 피해야 한다.

오른팔의 공력을 두 다리로 보내서 최대한 높이 솟구치면서 동시에 빠르게 들판을 통과하는 방법도 생각해 봤지만 무리가 따른다.

도약을 하면 매복자들의 시선을 한 몸에 받게 될 테고 그들을 한곳으로 모으게 된다.

또한 한 번의 도약으로 날아서 들판을 가로지를 수 없으니까 도약을 했다가는 지상에 내려서야 하는데, 그때 공격을 받으면 매복한 적 모두의 합공을 당하게 될 것이다.

그러므로 처음에는 최대한 은밀하게 풀숲으로 잠입하여 기습을 감행할 생각이다.

매복이라는 특성상 많은 인원이 한곳에 모여 있지는 않을 것이라는 게 그에게는 유리한 점이다.

한 곳에 많게는 대여섯 명에서 적다면 두세 명이 매복해 있을 것이다.

그러므로 발각되기 전에 되도록 많은 적을 죽이면서 들판 안으로 깊숙이 들어가야 한다.

적들은 자신들이 먼저 발각되지는 않을 것이라고 여길 테고, 무정도가 자봉공주를 업은 상태로 숲에서 튀어나올지도 모른다면서 경계를 하고 있을 테니 허를 찌르는 것이다.

그는 숲 안쪽으로 들어가서 업고 있는 주소옥을 더욱 단단히 묶고 나서 비도쾌를 꺼내 오른손에 움켜쥐었다.

스웃…….

이어서 숲에서부터 아예 납작하게 엎드려 기다시피 나와 영활한 뱀처럼 기척 없이 풀숲으로 스며들었다.

스사사사…….

다행히 남서풍이 강하게 불어와 길고 짧은 풀들이 서로 부딪치면서 요란한 소리를 내고 물결처럼 흔들리며 쾌도비의 은밀한 잠행을 도와주고 있다.

적들이 매복에 대해서 잘 알고 있다면 풀숲의 가장자리 백여 장 이내에는 매복하지 않았을 것이다.

만약에 표적이 매복을 알아차리고 잠입을 할 경우에는 표적을 최대한 안으로 끌어들인 후에 덮치는 것이 매복의 정석이다.

쾌도비는 강풍 때문에 격렬하게 흔들리는 풀숲 속을 최대한 무릎을 굽힌 자세로 몸을 숙여 종종걸음으로 깊숙이 들어가면서 오른팔의 공력을 귀로 보내 전방의 가장 가까운 곳에 매복한 적의 방향과 위치를 정확하게 간파했다.

최대 관건은 매복해 있는 적들에게 될 수 있는 한 가장 가깝게 접근해서 소리 없이 죽이는 것이다.

그는 최초의 매복자 두 명이 있는 곳에서 오른쪽으로 십여 장 거리를 두고 지나쳤다가 뒤쪽에서 천천히 접근해 가면서 오른손의 비도쾌를 들어 올렸다.

삼 장까지 접근하도록 적들은 그의 존재를 추호도 알아차리지 못했다.

쾌도비가 극도로 조심하면서 움직이기도 하지만 거센 바람이 매복자들의 이목을 어지럽히고 있다.

두 명의 적은 바닥에 앉은 자세로 조금 전에 쾌도비가 나온 숲 쪽을 뚫어지게 주시하고 있었다.

그런데 매복자 두 명은 그동안 쾌도비가 익히 봐온 무극사신의 복장을 하고 있었다.

즉, 이들은 무극사신이다. 예전 추격대에서는 우두머리 노릇을 했었던 이들이 지금은 매복의 제일선에서 첨병(尖兵) 역할을 하는 것으로 미루어 팔신궁의 높은 등급이 매복 전체를 지휘하고 있는 것이 분명했다.

쾌도비는 들어 올린 비도쾌를 수평으로 눕혔다가 체내에서 오른팔의 공력을 비쾌법 이 초식 고금제일도의 제삼변 오환을 운용하여 도강을 가늘고 길게 변형시켰다.

순간 비도쾌를 앞으로 그어가다가 재빨리 자신의 가슴 쪽으로 잡아당기는 동작을 취했다.

후우…….

비도쾌에서 도강이 발출되는 음향은 풀숲에 부는 바람 소리와 풀잎끼리 부딪치는 소리보다 훨씬 작게 흘러나왔다.

스사아…….

비도쾌에서 발출된 도강은 마치 예리한 칼날처럼 풀들을 베면서 번갯불의 속도로 쏘아나가 앉아 있는 두 명의 무극사신 목을 찰나지간 잘라 버렸다.

그들은 도강이 자신들의 목을 베는 순간까지 아무것도 모른 채 앞만 주시하고 있었다.

파아…….

목이 잘리는 소리는 풀들이 부딪치며 내는 소리에 묻혀서 들리지도 않았으며 죽어가는 자들은 신음을 토할 겨를조차 없었다.

쾌도비는 죽은 무극사신들을 확인하지도 않고 몸을 돌려 두 번째 제물을 향해 기척 없이 나아갔다.

이번에는 오른쪽 삼 장 거리에 두 명이 앉아 있는 기척을 감지했다.

쾌도비는 조금 전처럼 일단 그들을 지나친 후에 뒤쪽에서 급습하려다가 생각을 바꾸었다.

그의 존재를 전혀 모르고 있는 적을 구태여 죽일 필요는 없다고 생각했다.

그러나 지나쳐 가려다가 또다시 생각이 변했다. 만약 그가 중도에서 발각되어 싸움이 벌어진다면, 그냥 지나쳤던 그들이 적이 되어 공격을 해올 것이다.

즉, 그들은 잠재적인 적이다. 그러므로 기회가 있을 때 죽이는 편이 낫다는 결론을 내렸다.

맹수가 사냥을 할 때는 절대로 정면에서 공격하지 않는다. 먹잇감이 맹수를 먼저 발견하면 도망치거나 숨어버리기 때문에 사냥이 힘들어진다.

그러므로 맹수의 사냥은 언제나 측면 아니면 배후에서 기습으로 이루어진다.

사악…….

쾌도비는 처음과 똑같은 수법으로 두 번째 무극사신 두 명의 목을 잘랐다.

죽음에 대한 아무런 예상이나 공포가 없었기에 그들은 어쩌면 자신들이 죽었다는 사실조차 깨닫지 못할 것이다. 그것이 그들에게 다행인지 비극인지는 하늘만이 알 터이다.

세 번째 매복한 두 명까지는 똑같은 복장인 무극사신이었다. 하지만 그다음 네 번째부터는 쾌도비가 보기에도 오합지졸들이었다.

입고 있는 복장이나 퍼질러 앉아서 빈둥거리는 모습으로 미루어 팔신궁이 동원한 방, 문파의 고수인 듯했다.

쾌도비는 그들은 죽이지 않고 지나쳤다. 막상 싸움이 시작된다고 해도 그들은 그다지 위협이 되지 않을 것이라고 판단했다.

풀숲에 잠입한지 반각이 지났을 때 쾌도비는 삼백여 장쯤 전진해 있었다.

이젠 돌아갈 수도 없다. 길은 외길, 무조건 앞으로 나아가는 것뿐이다.

여기까지 오면서 한 가지 사실을 알아냈는데, 그가 전진하고 있는 풀숲에는 좌우 폭 십여 장 이내에 매복이 있다는 사실이다.

왼쪽에 매복이 있으면 오 장 지나서 오른쪽에 매복이 있고 다시 오 장을 지나면 왼쪽에 매복이 있는 식이다.

좌우 폭 십여 장 너머에는 또 다른 매복이 있을 터이다. 하지만 그것까지는 쾌도비로서 알 필요가 없다.

최초 매복과 두 번째, 세 번째 매복까지는 무극사신이었다. 예전에 쾌도비가 처음으로 무극사신, 즉 무극팔령을 만났을 때에는 비장의 오른팔을 사용하지 않았더라면 그에게 당했을 정도로 힘에 부친 상대였었다.

그러나 지금은 상황이 많이 달라졌다. 쾌도비는 절곡에서 오른팔만을 집중적으로 연마했으며, 절세도법인 비쾌법 천지무쌍쾌와 고금제일도를 터득했고 삼 초식 삼라만상비는 구결로만 외웠다.

뿐만 아니라 비쾌법을 연마하는 틈틈이 오른손으로 쾌도

식 북두인을 연마했으므로 예전하고는 비교도 할 수 없을 정
도로 고강해졌다.

그의 무정도라는 별호는 절곡에 들어가기 전에 오른팔의
어설픈 마구잡이식 위력으로 얻어졌으니 사실 무정도라는 별
호는 과분한 면이 없지 않았다.

하지만 지금 그의 실력은 넘치지도 부족하지도 않은 무정
도 그 자체다.

조금 전에 일곱 번째 오합지졸 매복을 그냥 지나치고 전진
하던 쾌도비는 전방 오른쪽 여덟 번째 기척을 감지하다가 가
볍게 움찔했다.

방금 감지한 기척은 지금까지 감지했던 무극사신이나 오
합지졸의 그것하고는 사뭇 다르다.

쾌도비는 오른팔의 공력을 이용하여 기척을 감지하는 횟
수가 점점 늘어갈수록 나름대로 거기에 독특한 경험이 쌓이
게 되었다.

그것에 의하면 방금 감지한 기척은 그가 지금까지 살아오
면서 느낀 그 어떤 것보다도 강렬하면서 또한 미약했다.

그곳에서 감지되는 두 개의 기척이 다 그런 느낌이었으며
그중에서도 오른쪽의 것이 특이했다.

지금까지 감지한 무극사신의 기척하고는 전적으로 다르
다. 그곳에 있는 듯하면서 없는 듯한 존재처럼 미약한 기척이

감지되면서도, 그 속에 골수를 찌르는 듯한 강렬한 예기가 감추어져 있는 것이다.

그것은 마치 겁 많은 어린 소녀가 혼자서 밤길을 가다가 귀신을 발견했을 때 느끼는 섬뜩함 같았다.

쾌도비는 모든 움직임과 호흡까지 멈춘 채 그 자리에 웅크리고 전방 오른쪽 삼 장 거리를 쏘아보았다.

지금은 저 둘을 어떻게 처치할까를 궁리하는 것이 문제가 아니라 혹시 내가 저들에게 발각되지 않았을까 하는 것이 염려되었다.

그가 감지한 느낌의 수준이라면 거의 같은 순간에 그쪽에서도 그를 감지할 수 있을 테니까 말이다.

쾌도비는 이런 경험이 거의, 아니, 전무하다. 이런 생애 최초이며 최고의 강적 앞에서는 어떻게 해야 하는지를 경험한 적이 없으며 본능적으로도 준비가 되어 있지 않아서 사실 당황하고 있는 중이다.

움직임과 호흡을 정지시켰으나 심장과 맥박이 미친 듯이 쿵쾅거렸다. 머리는 냉정하려고 애쓰고 있는데 몸이 따라주지를 않았다.

너무 쿵쾅거려서 심장이 목구멍으로 튀어나오고 맥박이 터질 것 같은데 저 두 명이 그것을 감지하지 못한다는 것은 말이 안 된다.

'들켰다.'

두 명의 고수에 대해서는 아무것도 모르는 상태지만 그거 하나만은 분명했다. 이런 상황에서 들키지 않는다면 그게 비정상이다.

그러므로 저들이 행동하기 전에 이쪽에서 먼저 손을 써야만 할 것이다.

스사사사—

쾌도비가 먼저 공격할 것인지 아니면 도망치거나 방어태세를 갖출 것인지 미처 생각하기도 전에 두 명의 고수가 먼저 공격을 해왔다. 선수를 뺏겼다.

한 명은 지상에서 풀숲을 헤치며 저돌적으로, 다른 한 명은 언제 허공으로 치솟았는지 이미 쾌도비를 향해서 비스듬히 내려꽂히고 있었다.

지상에서 공격해 오는 자는 회의 장포를 입었으며 도를 그어오고 있고, 허공은 붉은 장삼에 오른손에 쥔 검을 아래로 쭉 뻗은 자세로 내려꽂았다.

공격해 오는 동작과 위세만으로도 위압적이며 쾌속하기 짝이 없었다.

과연 그의 직감이 맞았다. 이 정도의 강력한 공격을 그는 한 번도 경험한 적이 없었다.

쾌도비는 그 자리에 얼어붙었다. 위와 아래 어느 공격을 막아야 할지, 아니, 피해야 하는데 어디로 피할지 갈피를 잡지 못했다.

"위를 공격해!"

업혀 있는 주소옥이 쨍! 한 목소리로 다급하게 외쳤다.

그 순간 쾌도비의 칠흑처럼 캄캄했던 머릿속에 한 줄기 빛이 비춰졌다.

그렇다. 공격은 최선의 방어이며 반격이다. 위에서 공격하는 자를 오히려 공격해 가면 지상에서의 공격은 자연히 피하게 되는 것이다.

허공을 공격해서 어떤 결과가 나올지는 그다음 문제다. 무조건 공격에 전력을 다해야 한다.

쾌도비는 두 발로 힘껏 땅을 박차는 것과 동시에 온 힘으로 천지무쌍쾌를 전개하며 솟구쳤다.

허공에서 내려꽂히며 공격하던 인물은 무상표신이며 쾌도비가 순간적으로 당황해서 허둥거리는 모습을 발견하고 회심의 미소를 지었다.

그런데 그가 느닷없이 자신을 향해 곧장 부딪치듯이 솟구쳐 오르며 수중의 조그만 칼을 휘두르자 가소롭다 못해서 어이없다는 생각이 들었다.

강호를 삼 년 가까이 돌아다니면서 쾌도비가 지금까지 경험한 싸움은 이, 삼류가 대부분이었다. 그래서 그는 탈명도라는 별호로 불리는 이류였었다.

하지만 지금 이 순간에는 천지간에 가장 빠른 천지무쌍쾌를 무소불위의 힘을 지닌 오른팔로 그것도 전력을 다해서 전개하고 있다.

쩌어…….

"……!"

허공의 무상표신은 쾌도비가 작은 칼을 휘두르는 것과 동시에 알 수 없는 무형의 기운이 쇄도하여 자신이 아래를 향해 뻗은 검을 여지없이 부러뜨리는 것을 목격하고 안색이 급변했다.

방금 전까지 갖고 있던 쾌도비에 대한 가소로움이 경악으로 변하는 순간이다.

그러나 검을 부러뜨린 무형의 도강이 자신의 콧등에 적중되었다가 뒤통수로 빠져나가는 것은 보지 못했다.

그의 콧등에 구멍이 뻥 뚫리는 것과 동시에 부러진 검날이 그의 목을 뎅겅 잘랐다.

쾌도비는 무상표신의 머리와 몸이 분리되면서 뒤로 퉁겨지는 광경을 보면서 가슴에 바람이 가득 들어간 것처럼 벅차올랐다.

자신이 이런 굉장한 강적을 일 초식에 죽였다는 사실이 실감 나지 않았다.

"아래!"

쾌도비의 몸이 여전히 위로 상승하고 있는 상태에서 또다시 주소옥이 뾰족하게 외쳤다.

지상에서 휩쓸듯이 공격하고 있던 사해웅신, 즉 사해육령은 쾌도비가 갑자기 솟구치는 바람에 공격이 실패로 끝나자 반사적으로 위를 쳐다보다가 무상표신의 얼굴이 관통되면서 목이 잘리는 광경을 발견하고는 자신의 눈을 의심하며 놀라고 있었다.

바로 그때 주소옥이 '아래!' 라고 외쳤으며, 쾌도비는 솟구치고 있는 중에 시선을 아래로 하며 수중의 비도쾌를 마치 소매에 붙은 벌레를 털어내듯 묘한 동작으로 떨치며 고금제일도를 전개했다.

고오…….

"……!"

사해육령은 허공의 무상표신이 변변한 저항조차 하지 못한 상태에서 무참하게 죽음을 당하는 광경을 똑똑히 목격했으며, 지금 그의 눈에 보이지는 않지만 섬뜩한 기음을 흘리면서 무언가 쇄도하고 있는 느낌을 받고는 무조건 피해야 한다고 판단했다.

아니, 판단하기도 전에 이미 몸은 왼쪽으로 미끄러지듯이 이동하고 있었다.

그리고 피했다고 여긴 순간 쾌도비를 향해 맹렬히 솟구쳐 오르면서 전신 공력을 끌어 올려 자신이 가장 자랑하는 도기를 뿜어냈다.

그의 필생의 역작인 도기를 전개하면 쾌도비를 능히 통째로 쪼갤 수 있을 것이라고 믿어 의심하지 않았다.

슈아아―

그의 믿음직스러운 오른손의 애도가 아래에서 위로 그어 오르는 광경이 보였다.

“……”

그런데 그 자랑스러운 애도가, 방금 전까지만 해도 아래에서 위로 쳐 오르던 그 애도가 갑자기 시야에서 사라졌다.

왼쪽 눈동자를 한껏 오른쪽으로 움직였더니 그제야 애도가 겨우 보였다.

애도는 아래에서 위로 쳐 오르고 있는데 어쩐 일인지 점점 더 오른쪽으로 멀어지고 있었다.

그리고 또 다른 것이 보였으며 그것은 생전 처음 보는 희한한 몰골이다.

푸줏간에 걸려 있는 소나 돼지의 잘려진 단면은 몇 번 봤었으나 저것처럼 사람의 형상을 갖춘, 그런데 세로 절반으로 정확하게 피 한 방울 흐르지 않고 절단된 단면은 본 적이 없었다.

그는 마지막에야 자신에게서 멀어지고 있는 잘라진 사람의 단면이 자신의 몸 반쪽이라는 사실을 간신히 깨달았다. 그래서 오른손으로 쥔 애도가 점점 멀어지고 있었던 것이다. 어떤 이유에서 그렇게 되었는지는 모르지만, 그의 몸은 정확하게 세로로 반이 절단된 것이었다.

쾌도비는 솟구침이 멎을 즈음에 사해육령의 몸이 세로로 쪼개지는 것을 목격하고 뭐라고 형언하기 어려운 기분에 사로잡혔다.

그의 몸이 아래로 하강하고 있을 때 사방에서 수십 명의 적이 모여들었으나 너무 흥분한 상태라서 눈에 들어오지도 않았다.

조금 전까지만 해도 막연하게 두렵다고 여겼던 두 명의 고수를 각각 일 초식만으로 즉사시켰기 때문에 가슴이 두근거릴 정도로 기쁘고 흥분했기 때문이다.

그의 몸이 아래로 하강하기 시작할 때 그의 가슴을 꼭 끌어안고 있는 주소옥이 흥분한 목소리로 외쳤다.

"쾌도비! 최고야!"

쾌도비는 비로소 비쾌법의 위력을 실감했다. 그는 이제야 실력에 어울리는 자신감을 갖추었다. 이제야말로 진정한 무정도가 된 것이다.

쾌도비가 지상에 내려서자 들판의 사방에 매복해 있던 고수들이 빠른 속도로 몰려들었다.

들판에 잠입해서 장강까지 통과하는 방법은 이제 틀려 버렸다. 남은 것은 싸우는 것뿐이지만 쾌도비는 조금도 두렵지 않았다.

그는 이미 조금 전의 그가 아니다. 비쾌법으로 최고수 두 명을 각각 일 초식으로 요절내고 난 후에 그는 자신의 실력이 얼마나 고강해졌는지 알게 되었다. 아직 실감은 나지 않지만 두려움이 사라진 것만은 분명했다.

그래서 지금은 적들이 싸우지 않겠다고 해도 오히려 그가 싸움을 걸고 싶은 기분이다. 그래서 비쾌법을 또다시 마음껏 전개하고 싶었다.

지금은 온몸의 피가 들끓고 있으므로 싸우지 않고는 가라앉지 않을 것 같았다.

그는 당당하게 우뚝 서서 천천히 주위를 둘러보았다. 이 장 거리에서 십여 명 정도가 그를 포위하고 있으며, 그 뒤쪽에 이십여 명이 우왕좌왕하면서 둘러서 있다.

복장이나 행동거지로 미루어 가까이 포위하고 있는 자들은 팔신궁 고수이며, 멀찍이서 우왕좌왕하는 자들은 동원된 방파의 고수가 분명했다.

그의 짐작이 맞았다. 가까이에 몰려든 자들은 팔신궁의 고수들이다. 하지만 그들이 함부로 공격하지 못하는 이유는 바닥에 흩어져 있는 사해육령과 무상표신의 처참한 시체를 봤기 때문이다.

이곳에는 두 명의 사해웅신이 있으며 사해오령과 육령이다. 그런데 육령이 데리고 있던 바로 아래 등급 무상표신과 함께 졸지에 시체로 그것도 목이 잘리고 몸통이 세로로 절단되어 죽었으니 누군들 함부로 공격하려 들겠는가.

쾌도비는 몹시 긴장했으나 그것보다는 자신이 예상보다 고강하다는 사실을 확인한 기쁨이 더 컸기에 두려운 마음은 전혀 들지 않았다.

"뭘 기다리는 거야? 먼저 공격해."

주소옥이 채근하자 쾌도비는 정신이 번쩍 들었다.

탓!

그녀 말의 여운이 채 사라지기도 전에 쾌도비는 땅을 박차면서 앞을 향해 빠른 속도로 돌진했다.

전방에 있던 한 명의 무상표신과 한 명의 현무붕신은 움찔하더니 즉각 검을 휘두르며 마주 공격해 왔다.

놀라고 있는 상황이었지만 쾌도비의 급습에 겁먹을 인물들이 아니다.

후웅…….

그러나 눈에 보이지도 않으며 발출되는 순간 이미 자신들의 몸을 파고드는 천지무쌍쾌의 도강 앞에서는 속수무책일 수밖에 없다.

퍼퍽!

덮쳐들던 무상표신과 현무붕신의 얼굴과 복부에 구멍이
뻥 뚫리는 것을 힐끗 확인한 쾌도비는 질주하던 방향을 슬쩍
틀어 이번에는 오른쪽의 또 다른 무상표신과 현무붕신 두 명
에게 쏘아가며 역시 연속적으로 천지무쌍쾌를 전개하여 도강
을 뿜어냈다.

후우우…….

깊은 계곡을 통과하는 바람 소리 같은 음향은 두 줄기 도강
이 얼마나 빠른지 무상표신과 현무붕신의 몸뚱이를 관통한
후에 흘러나왔다.

눈 깜짝할 사이에 두 명의 무상표신과 두 명의 현무붕신을
죽인 쾌도비는 아무도 천지무쌍쾌를 막거나 피하지 못한다는
사실에 기세등등하여 세 번째 먹잇감을 향해 피 맛을 본 맹수
처럼 쏘아갔다.

그곳에는 무상표신이나 현무붕신보다는 상대적으로 약한
무극사신 세 명이 서 있다가 쾌도비가 자신들을 향해 저돌적
으로 쏘아오자 움찔했다.

그렇지만 그들은 수중의 검을 미처 들어 올리지도 못한 상
태에서 쾌도비가 전개한 고금제일도의 무형도강이 긴 채찍처
럼 쏘아오는 것에 몸을 내맡길 수밖에 없었다.

고오오—

수평으로 길게 뻗어나갔던 무형도강이 낚싯줄처럼 휘감기면서 무극사신 세 명의 몸통을 한꺼번에 자를 때 고금제일도 특유의 발출음이 들렸다.

이 순간에 쾌도비는 두 가지 극단적인 기분에 사로잡혔다.

천지무쌍쾌와 고금제일도가 무적이라는 사실 때문에 느끼는 극도의 희열. 그로 인해서 이 갈리도록 증오스러운 팔신궁 놈들 몸뚱이가 관통되고 잘리는 것을 보면서 뜨겁게 끓어오르는 본능적인 살심이 그것이다.

그에게서 이런 자신감과 살심이 억누르지 못할 정도로 솟구치는 것은 처음 있는 일이다.

운남에서 주소옥을 보호하기 시작하여 여기까지 오는 동안 추격대와 마주치면 전전긍긍하면서 도망치기 바빴었지 제대로 한 번 싸워본 적이 없었다.

그런 꾹꾹 억누르기만 했던 분노마저도 지금 이 순간 한꺼번에 터져 나왔다.

남아 있는 팔신궁 고수들이 어느새 정신을 수습하고 여러 방향에서 쾌도비를 합공하기 시작했다.

"후후… 가소로운 것들."

쾌도비의 비틀어진 입술 사이로 절정고수나 내뱉을 수 있는 조소가 흘러나왔다.

쏴아아―

쐐애액!

대다수의 강호인을 두려움에 떨게 하고 오늘날의 팔신궁을 있게 한 바로 그 팔신궁 고수들의 무시무시한 공격이 쾌도비의 한 몸으로 쏟아져 왔다.

그걸 보고 쾌도비는 마음 한구석에서 약간 움찔했으나 단지 그것뿐이다.

그는 천지무쌍쾌와 고금제일도를 믿는다. 그게 있는 한 자신은 무적이라고 확신했다.

제일 가까운 곳에서 쾌속한 속도로 공격해 오는 두 명의 현무붕신을 향해 비도쾌가 번뜩였다.

고오오…….

카가각…….

이번에는 고금제일도의 무형도강이 부챗살처럼 퍼져 나가면서 두 자루 검을 자르는 것과 동시에 현무붕신 두 명의 가슴 부위를 간단하게 잘라 버렸다.

주소옥은 그 광경을 보면서 극도로 흥분하여 쾌도비의 가슴을 꼭 안은 채 눈도 깜빡이지 않고 지켜보았다.

"하하하! 모두 덤벼라!"

쾌도비는 자신감이 충천하여 또 다른 방향으로 적을 부딪쳐 가면서 호탕한 웃음을 터뜨렸다.

이제는 적의 공격 따윈 두렵지, 아니, 눈에 차지도 않는다.
고금제일도를 전개하면 적의 공격이든 적이든 모조리 잘라
버릴 테니까 말이다.

그는 서두르지 않았다. 들판에 매복해 있는 자가 모두 이곳
으로 모여들기를 기다렸다. 그래서 공격해 오는 자는 한 놈도
살려두지 않을 각오다.

반각 후에 싸움이 시작됐던 장소에는 쾌도비와 매복의 우
두머리인 팔신궁 사해오령이 삼 장의 거리를 마주하고 우뚝
서서 서로를 주시하고 있다.

쾌도비 주위에는 수십 구의 시체가 어지럽게 나뒹굴어 있
으며 피 냄새가 진동했다.

단 한 구도 온전한 몸뚱이를 지니고 있지 않았고 하나같이
목이나 몸통이 절단된 목불인견의 처참한 광경이다.

이 들판에서 지금까지 그가 죽인 자는 도합 서른세 명이며
모두 팔신궁 고수뿐이다.

팔신궁이 동원한 대풍보 고수 백오십여 명은 겁에 질려서
한 명도 남김없이 도주했으며 쾌도비는 그들을 그대로 보내
주었다.

자비심 때문이 아니라 그들을 죽이는 것이 귀찮기도 할뿐
더러 강제로 동원된 그들에겐 큰 죄가 없기 때문이다.

그가 죽인 자는 사해웅신이 한 명, 무상표신 네 명, 현무봉신 여덟 명, 그리고 무극사신이 이십 명이었다.

지금 그의 눈앞에 서 있는 한 명 사해오령이 마지막이다. 사십대 초반에 짧은 수염을 기르고 용맹한 용모인 그는 매우 복잡한 표정을 지으며 쾌도비를 주시하다가 이윽고 억눌린 듯 나직한 목소리로 입을 열었다.

"이제 보니 너는 숨은 기인이었군."

쾌도비는 대꾸하지 않고 세찬 바람에 옷자락을 날리며 묵묵히 서 있었다.

그는 숨은 기인 따위가 아니라 그저 누나의 유언을 지키려고 강호를 떠도는 이류무사였을 뿐이다.

"너의 사문은 어디냐?"

사해오령은 이곳에 오기 전에 자봉공주를 호위하고 있는 탈명도 혹은 무정도에 대한 정보를 충분히 들었고, 그래서 정리한 무정도에 대한 견해는 이랬었다.

강호의 일류고수 수준인 자가 실력을 감추고 이류 탈명도의 신분으로 자봉공주의 호위가 되었다.

이후 추격대에게 쫓기면서 위급한 상황에 직면하게 되자 본래의 실력을 발휘하여 사생결단으로 추격대를 죽이며 도주했었다.

나중에 팔신궁이 면밀하게 조사를 해본 결과 탈명도에게

죽은 추격대는 삼백여 명 정도지 강호에 소문이 난 것처럼 천여 명이 아니었다.

강호의 소문이란 낚시꾼의 그것과도 같아서 한 입 건널 때마다 눈덩이처럼 부풀어지게 마련이다.

탈명도에 대한 소문도 그렇게 부풀어져서 결국 무정도의 신화가 탄생한 것이라고 사해오령, 아니, 팔신궁에서는 최종평가를 내렸었다.

그러면서도 순전히 강호의 소문이 만들어놓은 허깨비 무정도를 이번만큼은 완벽하게 제압해서 쓸데없는 무정도 신화를 종식시키고 자봉공주를 죽여야겠다고 결단을 내린 팔신궁주 무황천신은 과감하게 사해웅신 이하 백여 명의 정예고수를 대거 내려보낸 것이었다.

그런데 사해오령이 반각 동안 직접 목격한 광경에 의하면 팔신궁 지도부의 추측과 정리, 그리고 결단은 잘못돼도 철저하게 잘못된 것이었다.

무정도는 강호의 부풀어진 소문 따위가 만들어낸 것이 아니라 오히려 소문이 부족할 정도다.

그러므로 팔신궁에서 파견한 정예고수 백여 명으로는 무정도를 죽일 수 있는 것이 아니라 오히려 무정도 신화를 한층 돋보이게 해주는 결과를 낳게 될 것이다.

지금 사해오령이 보고 있는 무정도는 일류고수가 실력을

감추고 이류 탈명도 행세를 하고 있었던 것이 아니다. 이것은 군계일학의 절정고수가 마음껏 팔신궁을 조롱하고 있는 것이 분명했다.

이 정도라면 무정도는 이곳에 내려와 있는 팔신궁 고수를 모조리 죽이고 승승장구할 것이 분명하다.

그러므로 사해오령은 무정도를 죽이려면 최소한 팔신궁주 무황천신이 직접 왕림해야 가능할 것이라고 판단했다. 물론 사해오령 자신은 지금 이 자리에서 무정도에게 죽을 것이라고 예상했다.

"네 사부는 누구냐?"

사문이 어디냐는 질문에 쾌도비가 대답이 없자 사해오령은 다시 사부가 누구냐고 물었다.

쾌도비는 귀찮았지만 그 물음에는 대답하고 싶어졌다.

"자봉공주다."

"……."

사해오령은 쾌도비 왼쪽 어깨 너머로 올라와 있는 눈이 쪽 째진 넙데데한 여자의 얼굴을 주시하며 눈빛이 가볍게 흔들렸다.

그는 저 못생긴 추녀가 자봉공주의 역용한 모습일 것이라고 생각했다.

하지만 그녀가 무정도의 사부라니 무슨 소린지 순간적으

로 이해가 되지 않았다.

"아하하하하!"

그때 주소옥이 상체를 치켜세우고 손으로 쾌도비의 어깨를 두드리며 명랑한 교소를 터뜨렸다.

"하하하하! 맞다! 맞아! 내가 널 가르쳤지!"

쾌도비는 사해오령을 조롱할 생각 따윈 없다. 단지 사실 대로 대답했을 뿐이다.

그에게 비쾌법을 가르쳐 준 사람은 주소옥이니까 그녀를 사부라고 대답한 것이다.

하지만 사해오령은 쾌도비와 자봉공주에게 놀림을 당했다는 생각에 얼굴이 붉어졌다.

강호인 특히 사해오령처럼 고강한 인물은 무시당했다는 모멸감을 참아내는 능력이 부족하다.

"죽일 놈……."

그는 자신이 이 자리에서 무정도에게 죽을 것이로되 그래도 최후의 사력을 다해서 힘껏 싸워보겠노라 결심하고 수중의 도를 힘껏 움켜잡고 무섭게 쾌도비를 쏘아보며 공력을 끌어올렸다.

고오…….

그때 어디선가 은은한 소리가 들리는 것 같더니 그는 오른손이 서늘한 것을 느끼고 힐끗 쳐다보다가 얼굴이 시커멓게 변했다.

그의 오른팔이 팔꿈치에서 싹둑 잘라져서 도를 움켜쥐고 있는 손이 땅으로 떨어지고 있었다.

사력을 다해서 싸워보겠노라는 그의 결심도 함께 땅으로 떨어지고 있었다.

"죽여! 쾌도비!"

보기 싫게 일그러진 사해오령의 귓전에 자봉공주의 명랑하면서도 차가운 외침이 들려왔다. 그것이 그가 이승에서 들은 마지막 소리였다.

장두은미 (藏頭隱尾)

— 머리를 감추고 꼬리를 숨긴다

"전멸했다는 말이냐?"

주우명과 함께 있던 웅신사령주는 자신의 귀를 의심하는 표정으로 중얼거렸다.

수하는 방금 장강 인근 들판에 매복하고 있던 사해오령을 비롯한 삼십사 명의 고수가 한 명도 남김없이 모두 죽었다고 보고했다.

"천절문이 개입했느냐?"

무정도 혼자서는 팔신궁 정예고수 삼십사 명을 절대로 상대할 수 없을 것이라고 확신하기에 웅신사령주는 당연히 그렇게 물었다.

"아닙니다. 무정도 혼자였습니다."

"그런 말도 안 되는……."

고개를 절레절레 가로젓는 웅신사령주의 머리는 혼란스럽기 짝이 없다.

팔신궁에서 최종 평가한 바에 의하면 무정도는 팔신궁 최하위인 무극사신 서너 명이 포위해서 합공하기만 해도 제압할 수 있을 정도였었다.

또한 무정도가 지금까지 살아 있는 이유는 순전히 운이 좋았기 때문이고 또한 팔신궁 정예고수들과 제대로 싸워본 적이 없었기 때문이라고 확신했었다.

그런데 무극사신 이십 명과 현무붕신 여덟 명, 무상표신 네 명, 게다가 사해웅신 두 명까지 도합 삼십사 명을 한자리에서 모조리 죽였다고 하니 도대체 그 말을 어떻게 믿을 수 있겠는가.

옆에 있는 주우명 역시 경악을 금치 못했다. 그는 오랫동안 강호를 주유했었기에 팔신궁의 고수들이 얼마나 고강한지 잘 알고 있다.

수하가 눈치를 보다가 조심스럽게 말했다.

"멀리에서 지켜본 대풍보 고수들의 말에 의하면, 무정도는 자봉공주를 업은 상태에서 반각 만에 모두를 죽이고 유유히 사라졌다고 합니다."

　주우명과 웅신사령주는 경악하는 표정만 지은 채 아무 말
도 하지 못하고 멍하니 앉아 있었다.

　무정도가 자봉공주를 업은 부자연스러운 상태에서 그것도
불과 반각 만에 팔신궁 정예고수 삼십사 명을 죽였다니 이 말
도 되지 않는 일을 믿어야 할지 말아야 할지 분간이 서지 않
았다.

　삼십사 명이면 팔신궁이 파견한 백여 명에서 삼분지 일에
해당한다.

　당금 강호에 팔신궁 정예고수 삼십사 명을 한꺼번에 그것
도 불과 반각 만에 죽일 수 있는 절정고수가 과연 몇 명이나
되겠는가.

　그때 몇 명의 점소이가 주문한 요리들을 갖고 왔으나 분위
기가 심상치 않자 탁자에 요리를 내려놓지도 못하고 쭈뼛거
리며 눈치를 살폈다.

　이곳은 황당호 북쪽 관도에 있는 주루다. 황당호에 무정도
와 자봉공주가 나타났다는 보고를 접한 웅신사령주와 주우명
은 한달음에 달려왔다가 늦은 점심식사를 하기 위해서 주루
에 들렀던 것이다.

　"놈은 어디로 갔느냐?"

　한참 만에 고개를 세차게 흔들고 정신을 수습한 웅신사령

주가 물었다.

"모르겠습니다. 다만 무창으로 갔을 것이라고 추측하고 있습니다."

"무창……."

무창은 사통팔달 수륙교통의 요지다. 그러므로 낙양으로 가려면 무창을 통하는 것이 상식이다.

악양에서 직접 혹은 무창으로 가던 도중에 장강을 건너 북상할 수는 없다.

수많은 강과 호수들, 게다가 수로와 늪으로 이루어진 장강 북쪽에서 한수 사이의 지역을 통과한다는 것은 불가능한 일이기 때문이다.

그렇지만 추측만 갖고는 대처할 수가 없다. 더구나 팔신궁의 남은 고수들로 무정도를 죽일 수 있을지도 의문이다. 아니, 그 정도 실력이라면 도저히 무정도를 감당할 수 없을 것이 분명하다.

웅신사령주는 이제 어떻게 해야 할지 도저히 대책이 서지 않아 얼굴을 찌푸린 채 궁리를 거듭하고 있다.

"왕자님!"

그때 이 층 계단으로 한 명의 황궁 백호고수가 뛰어 올라오며 다급하게 외쳤다.

"공주님께서 무정도에게 납치되셨습니다!"

“뭐어…….”

주우명은 백호고수의 외침을 분명히 들었으면서도 그 내용이 너무 엄청나서 뒤통수를 세게 얻어맞은 것처럼 멍한 표정을 지었다.

“무정도가 의원에 침입해서 백호고수 다섯 명을 죽이고 공주님을 납치해서 사라졌습니다!”

백호고수는 넋을 잃고 앉아 있는 주우명에게 공손히 한 장의 서찰을 내밀었다.

“그리고 무정도가 이것을 남겼습니다.”

주우명은 머리가 마구 어지러운 상태에서 서찰의 글을 읽고는 한순간 벌떡 일어서며 분노를 터뜨렸다.

“이놈이 선란이를!”

서찰에는 딱 한 줄만 적혀 있었다.

—추격대를 거두지 않으면 계집을 죽이겠다.

*　　*　　*

주선란을 납치하자는 것은 주소옥의 생각이었다.

주소옥은 주선란을 납치하기 전에는 그녀의 신분에 대해서 어느 정도는 짐작하고 있었으나 자신의 생각을 확신하지는 못했었다.

다만 쾌도비가 주선란을 걷어차고 도망치고 있을 때 등 뒤에서 누군가 다급하게 ‘선란아!’ 라고 외치는 소리를 들었던 것을 유일한 단서로 삼았었다.

아마도 그렇게 외친 사람은 주선란과 함께 있던 오빠라고 추측하던 청년이었을 것이다.

그 이름을 듣는 순간 주소옥은 당금 대명황제의 딸 주선란을 반사적으로 떠올렸었다.

그녀의 화려한 행색과 오만무례한 행동거지 등을 보거나, 또한 검문에 군사들을 동원한 것으로 미루어 그렇게 짐작하는 것도 무리가 아니었다.

또한 팔신궁이 추격대를 형성하고 있는 곳에 그녀가 버젓이 나타난 것과 전혀 팔신궁의 제지를 받지 않은 것도 의심할 만한 부분이었다.

그래서 쾌도비가 들판에서 삼십사 명의 팔신궁 고수를 죽이고 나서 장강으로 달려갈 때 주소옥은 그에게 주선란에 대해서 설명해 주면서 그녀를 납치하는 것이 어떻겠느냐고 제안을 했었다.

쾌도비는 전적으로 찬성했다. 만약 주선란이 주소옥의 추측대로 정말 대명황제의 딸이라면 그녀를 납치하여 거래를 할 수 있기 때문이다.

쾌도비와 주소옥은 추격대, 즉 팔신궁의 배후에 황궁이 있다고 확신하고 있다.

제아무리 권력에 눈이 먼 대명황제라고 해도 자신의 친딸을 버리면서까지 주소옥을 죽이지는 못할 것이다.

쾌도비가 진로를 바꿔서 악양으로 향할 줄은 추격대로서는 아무도 예상하지 못했다.

악양 성내에서 주선란이 치료를 받고 있는 영생의원을 찾아내는 일은 너무도 쉬웠다.

그리고 영생의원에서 황궁의 백호고수 몇 명을 죽이고 혼절해 있는 주선란을 납치하는 것도 별로 어렵지 않았었다.

그녀를 납치하는 과정에서 쾌도비와 주소옥은 주선란이 대명황궁의 보현공주라는 사실을 확인했다. 주소옥의 계획은 그렇게 성공했다.

쾌도비는 무창으로 향하지 않고 악양에서 주선란을 납치한 직후에 곧장 북쪽으로 향했다.

장강을 건너자마자 배를 한 척 구했다. 그걸 타고 장강 본류를 거슬러 오르다가 북쪽에서 흘러드는 작은 지류를 타고 북상할 계획이다.

그곳에서 북쪽에 있는 한수(漢水)의 잠강현(潛江縣)까지는 강과 호수, 수로 등으로 다 연결되어 있기 때문에 충분히 배로 갈 수가 있다고 생각했다.

힘들겠지만 끊임없이 추격대에게 쫓기고 또 싸우면서 가는 것보다는 나을 것이다.

잠강현까지 직선거리는 백오십여 리 정도이고 배로 가면 그 곱절인 삼백여 리 정도일 것이라고 추측했다. 그리고 거미줄처럼 얽혀 있는 물길을 헤쳐서 가야 한다.

무창을 경유해서 잠강현까지 가면 무려 칠백여 리지만 그 길로 가는 것이 훨씬 빠르다.

쾌도비는 배를 타고 장강과 근처 수로, 호수에 떠 있는 수많은 배들 속으로 숨어들어서 북상하려는 생각이다.

한 가지 위안은 주선란이 수중에 있으므로 위급한 상황에서는 그녀를 인질로 삼으면 될 것이다.

무슨 수를 써서라도, 수단과 방법을 가리지 않고 낙양 천절문까지만 가면 된다는 것이 쾌도비와 주소옥의 생각이고 각오다. 그다음에는 천절문이 다 알아서 할 것이다.

악양에서 배를 구해 장강을 이십여 리가량 거슬러 올랐을 때 날이 어두워졌다.

밤인데도 바다처럼 드넓은 장강에는 수백 척의 배가 불을 밝힌 채 분주하게 오가고 있었다.

쾌도비의 배도 돛을 활짝 펼치고 배의 앞머리에는 등불을 밝힌 채 물살을 가르며 나아가고 있다.

이들이 타고 있는 배는 황당호에서 훔쳤던 배보다 세 배 정도의 크기다.

위장을 위해서 고깃배를 구했기 때문에 갑판에는 여기저기 그물 따위 어구(漁具)들이 흩어져 있으며, 돛이 하나에 쾌도비 허리 높이에 이르는 나지막한 선실이 하나 있다.

선실이라고 해봐야 들어가면 길이 일 장에 폭 넉 자 정도의 길쭉한 방이 하나 있을 뿐이다.

벽과 천장을 나무로 조잡하게 만들었으나 이슬을 피하면서 다리를 뻗고 잘 수 있으니 그게 어딘가.

다행히 선실 안에는 이불이나 밥을 지어먹을 수 있는 솥과 화덕 같은 것들이 준비되어 있어서 긴 여행에 불편함은 없을 듯했다.

선실 방 안에 누워 있는 주선란은 여전히 혼절해 있는 상태고 주소옥이 그녀를 치료하고 있다.

주선란이 죽어서는 인질로서 가치가 없으므로 어떻게든 살리려는 것이다.

쾌도비는 창룡도를 풀어서 발아래에 놔두고 복장을 어부처럼 변장했으며 방갓을 쓴 모습으로 배의 고물에서 조타를 잡고 있다.

수많은 배에서 불을 밝힌 터에 강상은 그리 어둡지 않아서 배를 모는 데 어려움이 없다.

아직 밤이 깊지 않아서 자정까지는 배를 몰 생각이다. 될 수 있는 한 악양에서 한 치라도 멀어지는 것이 안전하기 때문이다.

끼이…….

선실의 문이 열리고 주소옥이 나오더니 고물의 계단을 올라와 조타를 잡고 앉아 있는 쾌도비에게 다가와서 그의 옆에 나란히 앉아 어깨에 머리를 기댔다.

쾌도비는 한 손으로는 조타를 잡고 다른 손으로 그녀의 어깨를 안아 가깝게 끌어당겼다. 이제는 초가을이라서 밤에는 제법 쌀쌀했다.

그녀는 몸을 작게 웅송그리고 그의 품으로 깊이 파고들었다.

두 사람은 그렇게 아무 말도 하지 않고 한동안 앉아 있었다. 뱃전에 물결이 철썩거리면서 부딪치는 소리와 여기저기 배에서 사람들이 떠드는 소리가 들릴 뿐이다.

"미안해."

그때 문득 그의 어깨에 뺨을 대고 있는 주소옥이 낮은 목소리로 중얼거렸다.

"뭐가 말이오?"

“모든 게 다.”

쾌도비는 커다란 손으로 그녀의 어깨를 쓰다듬었다.

“그런 말 하지 마시오. 나는 공주 덕분에 얻은 것이 많소.”

“그렇지만 잃은 게 더 많잖아.”

그녀는 몸을 똑바로 세우고 선실 지붕 너머의 배 앞쪽을 응시했다.

“게다가 날 천절문에 데려다주고 나면 쾌도비는 팔신궁과 황궁에 쫓기는 신세가 되고 말 거야.”

그것이 요즘 새로 생긴 주소옥의 고민이다. 쾌도비가 팔신궁과 황궁의 표적이 되는 것은 죽을 때까지 한시도 편하지 못할 것이라는 뜻이다.

“내게 방법이 있소.”

“무슨 방법?”

쾌도비가 엷은 미소를 지으며 말하자 주소옥은 쪽 째진 눈으로 그를 바라보았다.

“내가 알아서 하겠소.”

그럴 줄 알았다. 주소옥을 천절문에 데려다준 이후에도 그는 누나의 유언을 수행하기 위해서 계속 강호에서 활동을 할 텐데 팔신궁과 황궁의 추적에서 벗어날 방법이 대체 뭐가 있겠는가.

　더구나 그는 흑청사 문신, 즉 무극사가 새겨진 자로서 이십여 년 전에 팔신궁 낙양분궁에 머물렀었던 무극사신을 찾아내야 하기 때문에 계속 팔신궁 주변을 맴돌아야만 한다. 그것은 범의 아가리에서 벗어나지 못한다는 뜻이다. 그는 주소옥을 안심시키려고 그렇게 말했을 뿐이다.

　“그보다는 부탁이 있소.”

　“뭔데?”

　쾌도비는 즉시 말하지 않고 묵묵히 전방을 응시하다가 나직한 목소리로 말문을 열었다.

　“잘 살아야 하오.”

　뭘 어떻게 했으면 좋겠다고 구구절절이 설명하지 않고 그저 간단하게 말했으나 그 안에는 많은 의미가 함축되어 있음을 주소옥은 알고 있다. 그래서 그녀는 가슴이 먹먹해지면서 콧날이 시큰거렸다.

　천절문에 도착하면 쾌도비 자신은 잊어버리고 천절문주만을 사랑하면서 앞으로 행복하게 잘 살라는 뜻이다.

　내가 과연 그럴 수 있을까? 라고 주소옥은 착잡하게 생각했으나 밝은 목소리로 대답했다.

　“알았어. 그럴게.”

　하지만 그녀는 자신의 목숨이 붙어 있는 한 쾌도비 이외의 어느 누구도 사랑하게 되지 못할 것이라는 사실을 너무도 잘 알고 있다.

"너에 대해서 얘기해 줘."

잠시 침묵하다가 주소옥은 오랫동안 별러왔던 말을 입 밖에 꺼냈다.

그녀는 지난날 쾌도비가 어떻게 살아왔으며 어떤 과거와 한을 품고 있는지 속속들이 알고 싶었다.

"하아……."

쾌도비는 나직하고도 긴 한숨을 토해내면서 어디에서부터 어떻게 얘기해야 할지 생각했다.

그는 지난 십구 년 동안 아무에게도 드러내지 않았던 자신의 쓰리고 어두운 과거에 대해서 이제는 주소옥에게 얘기해 줄 때가 됐다고 생각했다. 그녀는 매우 특별한 사람이기 때문이다.

쾌도비의 그리 길지 않은, 그러나 충격적이고도 가슴 아픈 얘기가 끝났다.

그렇지만 주소옥은 한동안 가슴이 먹먹하고 온몸의 말초 신경들이 죄다 슬픔으로 가득 찬 것 같아서 그저 눈물만 흘릴 뿐 아무 말도 하지 못했다.

열일곱 살이나 나이 터울이 나는 누나 예지연과 쾌도비의 삶은 실로 기구하기 짝이 없었다.

쾌도비가 기억을 하는 아주 어렸을 때부터라니까, 누나는 최소한 십오 년 이상 수많은 강호의 남자와 동침을 하고 그들에게서 조금씩 흡수한 공력을 쾌도비의 오른팔에 축적시켰을 것이다.

도대체 얼마나 원한이 깊기에 여자가 목숨보다 소중하게 여겨야 할 정조를 헌신짝처럼 버리고 그토록 많은 사내에게 몸을 허락할 수 있었다는 말인가.

누나가 남자와 동침을 하고 난 후에는 어린 쾌도비의 오른팔을 붙잡고 공력을 주입하면서 밤새도록 숨죽여 흐느껴 울거나 술을 마시면서 혼자 울었다는 애기를 들었을 때 주소옥은 가슴이 찢어지는 비통함을 느꼈다.

그녀도 같은 여자지만 누나의 마음을 도저히 헤아릴 수가 없었다.

그러나 주소옥은 만약 누군가 쾌도비를 죽였는데 그녀에게는 복수할 힘이 없다면 그녀도 그런 방법을 선택했을지 모른다는 생각을 했다.

그리고 그녀는 동심이라곤 추호도 없는 어린 시절을 보냈던 쾌도비에게 한없는 연민이 느껴졌다.

아니, 쾌도비에게 있어서 동심을 갖는다는 것은 한낱 사치였을지 모른다.

오로지 강호의 남자들하고 동침을 하여 공력을 흡수하는

일에만 전념해 온 누나 대신에 철이 들기 전부터 먹고 살아야 하는 일을 떠맡아 거리로 나섰던 쾌도비의 심정이 어땠을지, 그리고 그의 고생과 심정은 또한 어떠했을지 상상조차 되지 않았다.

그리고 그런 것을 생각하면 주소옥은 차마 그에게 연민을 품는 것조차도 죄스러워졌다.

그러다가 그녀는 자신이 많이 변했음을 깨달았다. 예전에, 그러니까 쾌도비를 만나기 전 남령부에서의 그녀였다면 이런 얘기에 아무런 감흥도 느끼지 못하고 싸늘한 코웃음을 쳤을 것이다.

하지만 지금은 그런 얘기에 슬퍼하고 공분을 느끼며 몸서리를 치는 인간적인 감성을 지니게 되었다.

그것이야말로 세상의 인간 모두가 지니고 있는 기본적인 마음가짐이다. 그러나 그녀는 그런 것을 모른 채 지난 십칠 년 동안 살아왔었다.

만약 쾌도비를 만나지 못했더라면 그녀는 죽을 때까지 그렇게 빈껍데기처럼 살아갔을 터이다.

그녀는 두 팔과 가슴으로 쾌도비의 굵은 팔을 꼭 껴안으며 속삭였다.

"쾌도비, 반드시 그놈을 찾아내서 죽여 버려. 가장 잔인한 방법으로."

　　　　　*　　　　*　　　　*

덜거덕… 덜걱…….

세 대의 수레가 악양으로 뻗은 관도를 일렬로 가고 있다.

그 수레에는 팔신궁 정예고수 서른네 구의 시신이 실려 있으며 악양으로 향하고 있는 중이다.

수레의 선두와 후미에는 팔신궁 고수들이 호위를 하고 있으며 수레를 몰고 있는 것은 대풍보 고수들이다.

"안 됩니다, 대공(大公)."

유룡도 공손우는 전방에서 굴러오고 있는 세 대의 수레를 보면서 조그맣지만 강한 어조로 반대했다.

"너는 물러나 있어라."

공손우 옆에서 나란히 걷고 있는 흑창사비 용연풍은 그의 말을 귓등으로 흘리면서 곧장 수레를 향해 마주 걸어갔다.

"대공."

공손우는 급히 불렀으나 용연풍을 붙잡지는 못했다.

덜커덕…….

유생 차림의 준수한 청년이 길을 가로막자 팔신궁 고수들은 슬쩍 얼굴이 굳어지며 걸음을 멈추었고 수레들도 따라서 정지했다.

팔신궁 현무붕신은 무극사신 네 명과 대풍보 수하들을 이끌고 무정도에게 죽은 서른네 구의 시신을 악양으로 가져오라는 명령을 수행하고 있는 중이다.

동료들의 시신을 옮기고 있는 현무붕신을 비롯한 무극사신 모두 기분이 매우 좋지 않은 상태다.

"뭔가?"

현무붕신은 자신의 세 걸음 앞에 서 있는 유생 차림의 낯선 사내를 쏘아보며 미간을 찌푸렸다.

지금 같은 기분으로는 수틀리면 어느 누구라도 짓이겨 버리고 싶은 것을 억눌렀다.

"그 뒤에 실려 있는 것이 무정도라는 애송이에게 당한 팔신궁 고수들의 시체냐?"

그런데 낯선 사내의 입에서 대뜸 흘러나온 말이 현무붕신의 비위를 확 상하게 만들었다.

"이런 개놈의 자식이……."

툭…….

현무붕신이 어깨의 검을 뽑으면서 앞으로 쏘아 나가려고 하는데 느닷없이 뭔가 그의 목에 닿았다.

"……"

미처 검을 뽑지도 그리고 한 걸음조차 떼어놓지 못한 그는 낯선 사내가 어느새 바로 앞까지 다가와 하나의 검은 막대기를 뻗어 자신의 목을 겨누고 있는 것을 발견하고 눈을 한껏 부릅떴다.

"대답할래? 아니면 죽을래?"

낯선 사내 용연풍은 빈정거리듯이 물었다.

"……."

자신의 목을 겨누고 있는 칠흑처럼 새카만 막대기를 보고서야 자신의 앞에 서 있는 사내가 저 유명한 사신육비 중 흑창사비라는 사실을 깨달은 현무봉신은 얼굴빛이 하얗게 탈색됐다.

"으으… 대… 협을 몰라보고 제가 망발을 했습니다. 부디 용서를……."

"잠시 시신들을 볼 수 있겠느냐?"

용연풍은 현무봉신의 목에서 거둔 막대기, 즉 흑창사로 뒤쪽의 수레를 가리켰다.

현무봉신은 난감한 표정을 지으며 동공이 흔들리다가 문득 용연풍 뒤쪽에 서 있는 공손우에게 향했다. 그곳에는 공손우뿐만 아니라 천절문 북풍전의 고수 대여섯 명이 늘어서 있었다.

공손우는 워낙 유명한 인물이라서 낙양에서 그를 모르는

사람은 거의 없다.

현무봉신은 공손우의 난감한 표정을 보고 어떻게 된 일인지 짐작했다.

이것은 천절문의 뜻이 아니라 용연풍 개인이 억지를 부리고 있다는 얘기다.

그렇다고 해도 시신을 보자는 용연풍의 요구를 거절할 수는 없다. 거절을 한다고 해도 그는 현무봉신과 무극사신들을 다 죽여서라도 반드시 보고야 말 것이다. 용연풍의 괴팍한 성격은 강호에서도 유명하다.

"보십시오."

결국 현무봉신은 옆으로 비켜서며 뒤쪽의 대풍보 수하들에게 고개를 끄떡였다.

"이게 무정도의 솜씨라는 말이냐?"

용연풍은 세 대의 수레에 반듯하게 눕혀 있는 시신들을 일일이 다 살펴보고 나서 미간을 잔뜩 찌푸리며 물었다.

"그렇습니다."

"그럴 리가 없다. 그놈은 절대 이 정도의 실력이 아니었다. 이건 뭔가 잘못됐다."

"무정도를 아십니까?"

현무봉신이 용기를 내서 물었다.

용연풍은 현무붕신의 물음을 묵살했다.

시신들은 목과 몸뚱이가 제멋대로 잘렸었지만 잘린 부위를 제대로 짜 맞춰서 관에 담아 수레에 실었다.

그렇지만 용연풍은 시신을 한 번 보는 것만으로 어떤 수법에 당했으며 상대의 무공이 어느 정도라는 것까지도 정확하게 간파했다.

그가 보기에 이 시신들은 하나같이 도강에 당했다. 도기가 아닌 도강인 것이다.

더구나 시신들은 목과 몸통이 잘리고 또 머리가 박살 났으면서도 피 한 방울 흘리지 않았다.

그 정도면 용연풍과 맞먹는 공력의 소유자다. 다만 용연풍 같은 절정고수들은 되도록 상처를 작게 내거나 즐겨 적중시키는 선호하는 부위가 있다.

그런데 이 수법은 강기를 전개하는 수법이 깔끔하지 않고 마구잡이라는 것이 다르다.

어쨌든 용연풍은 자신이 만났던 그래서 어린아이처럼 다루며 반죽음을 시켜놓았던 쾌도비라는 어린놈이 무정도는 아니라고 단정했다.

설혹 장강이 거꾸로 흐를 수는 있어도 쾌도비가 무정도일 리는 없다.

용연풍의 발에 짓밟혀서 갈비뼈가 모조리 박살 났으며 흑창사를 맞아서 머리가 터지고는 살려달라고 빌던 놈이 팔신궁 정예고수 삼십사 명을 도강으로 죽였다니, 지나던 개가 다 웃을 일이다.

"너희 중에 무정도라는 놈을 본 자가 있느냐?"

"저자가 보았다고 합니다."

현무붕신이 대풍보 수하 중 한 명을 가리켰다.

"너, 무정도라는 놈이 어떻게 생겼는지 하나도 빼놓지 말고 자세히 설명해 봐라."

대풍보 수하는 잔뜩 겁을 먹었지만 그 끔찍한 도륙의 현장에서 도망치기 전에 목격한 무정도와 그가 업고 있던 여자에 대해서 제 딴에는 자세히 설명을 했다.

설명이 끝났는데도 용연풍은 아무 말도 하지 않고 미간만 잔뜩 좁히고 있을 뿐이다.

"대협, 저희는 가도 되겠습니까?"

현무붕신이 조심스레 묻자 용연풍은 오만상을 쓴 채 손을 저어 가라는 시늉을 해보였다.

현무붕신은 무극사신들과 대풍보 수하들을 재촉하여 서둘러 출발했다.

용연풍은 조금 전에 대풍보 수하가 무정도의 용모에 대해서 자세히 설명하는 것을 듣고서 쾌도비가 틀림없다는 것을 깨달았다.

대풍보 수하는 무정도가 짝귀이며 그가 업고 있는 여자는 눈이 찢어진 못생긴 추녀라고 설명했지만, 짝귀나 추녀는 역용으로 얼마든지 만들 수 있다.

"그놈이 어떻게……."

관도 한가운데 우두커니 서서 한참동안 인상을 찌푸리던 그는 이윽고 짓이기는 듯이 중얼거렸다.

공손우는 한옆에 서서 묵묵히 용연풍을 주시했다. 그는 천절문주의 사제이며 태상문주의 제자인 용연풍이 무엇 때문에 갑자기 악양에 내려왔는지 이유를 모른다.

그러니 그가 어째서 무정도에게 저토록 집착하고 있는지는 더더욱 알 수가 없다.

그때 용연풍이 갑자기 왔던 길을 되돌아서 걸어가기 시작하는 것을 보고 공손우가 급히 물었다.

"대공, 어딜 가십니까?"

그러나 용연풍은 뒤도 돌아보지 않고 오히려 점점 걸음을 빨리하더니 나중에는 경공을 전개하여 잠깐 사이에 공손우의 시야에서 사라져 버렸다.

공손우는 무정도가 자봉공주와 함께 무창으로 갔을 것이라는 팔신궁의 정보를 입수하고 수하들을 이끌고 무창으로 가는 길이었다.

용연풍은 어젯밤에 갑자기 악양에 나타나서 천절문 고수

들이 묵고 있는 곳에 들이닥쳤었다.

그러더니 자봉공주를 호위하고 있는 쾌도비라는 자에 대해서 공손우에게 꼬치꼬치 캐물었다.

공손우는 용연풍이 악양에 온 이유에 대해서 속으로 이것저것 생각하면서도 그의 물음에 대답하지 않을 수가 없었다. 그는 천절문의 삼인자인 것이다.

그래서 오늘 아침 일찍 무창으로 가는 길에 용연풍도 동행을 했었고, 마침 맞은편에서 오는 팔신궁 고수들을 만나게 됐던 것이다.

*　　　*　　　*

"최소한 오 일 이내로 공주님을 찾아서 소인에게 모셔 오지 않으면 위험합니다."

주선란의 치료를 담당했던 영생의원의 의원은 주우명에게 그렇게 몇 번이나 확신하듯이 못을 박았다.

주우명은 의원이 말이 옳다고 생각했다. 그가 이 지역에서 최고의 의원으로 첫손가락 꼽히는 명의이기도 하지만, 사경을 헤매는 주선란이 치료도 받지 못한 상태에서 무정도에게 개처럼 여기저기 끌려 다니다가는 며칠 버티지 못하고 죽고 말 것이 분명했다.

지금 주우명으로서는 중대한 결단이 필요하다. 무정도가 남긴 서찰에 적힌 협박 내용대로 추격을 그만둘 것인가, 아니면 오히려 추격을 배가하여 한시바삐 누이동생을 찾아올 것인가 하는 것이다.

추격을 그만둔다고 해도 주선란은 내상을 치료받지 못해서 죽고 말 것이다.

그렇다면 남은 것은 외길뿐이다. 모든 방법을 동원하여 무정도를 찾아낸 후에 주우명 자신이 직접 그를 만나 설득을 하거나 담판을 짓는 것이다.

"백호장."

그의 부름에 백호장이 즉시 달려와 예를 취했다.

"천 리 이내의 모든 군사와 방파, 문파, 무사를 총동원하여 무정도를 찾아내라. 그리고 방을 붙여라. 무정도와 자봉공주, 주선란이 있는 곳을 알려주는 자에게는 은자 천만 냥을 상금으로 주겠다고 하라."

주우명은 결국 승부수를 던졌다. 누이동생을 무정도에게 맡겨서 죽게 만드느니, 차라리 찾아내서 무정도와 결판을 보기로 했다.

*　　　*　　　*

쾌도비의 배는 장강에서 지류를 따라 사흘 동안 북상했
다.

바람이 불면 돛을 펴고 바람이 멈추면 노를 저었다.

지류는 반드시 북쪽으로 가는 것만은 아니었다. 때로는 서
쪽으로 가기도 하고 오히려 남쪽으로 되돌아가기도 했다. 지
류가 구불구불하기 때문이다.

그러나 쾌도비는 서두르지 않았다. 그런 상황인데도 주소
옥은 더 천천히 가자고 성화다.

둘이서 배를 타고 한가하게 그리고 오붓하게 지내는 것이
너무나 행복하기 때문이다.

주소옥이 행복하니까 쾌도비도 덩달아 기분이 좋았다. 그
도 주소옥과 함께 있는 것이 좋다. 그녀가 천절문에 도착하면
더 이상 볼 수 없을 것이기 때문이다.

처음에 한 줄기로 시작됐던 지류는 오 리도 못 가서 두 줄
기로 갈라지더니 다시 이, 삼 리쯤 가서는 세 줄기로 갈라졌
다.

그리고 십여 리를 더 갔을 때는 지류니 뭐니 하는 의미가
사라져 버렸다.

지류는 어디로 갔는지 사라지고 수십 줄기의 수로가 거미
줄처럼 마구 뒤엉켜 있었으며 곳곳이 늪이었다.

그래서 쾌도비는 무조건 북쪽으로 갔지만 북쪽으로 뻗은

수로가 없을 때는 어디로 가야 하는지 난감했다.

그래도 다행스런 일은 이곳에 여러 종류의 물고기가 무진 장 있어서 고깃배들이 곳곳에 개미 떼처럼 떠 있다는 사실이다. 그래서 어부들에게 지나가는 말처럼 슬쩍 물으면 누구라도 친절하게 가르쳐 주었다.

사흘 동안 북상하면서 배에서 밥도 지어먹고 또 그물이나 낚싯대로 물고기를 잡아서 삶거나 구워 반찬을 해 먹다 보니까 쾌도비와 주소옥의 겉모습은 영락없는 어부와 아낙네가 돼버렸다.

그런 몰골로 근처의 어부들에게 북쪽으로 가는 길을 물으면 아무도 이상하게 생각하지 않았다.

푸드득…….

쾌도비가 낚시로 꽤 큼직한 잉어 한 마리를 낚아 올렸을 때 선실에서 주소옥이 나왔다.

"야아… 월척이야!"

그녀는 펄떡거리는 잉어를 보고 손뼉을 치면서 어린아이처럼 기뻐했다.

"그거 찜해서 먹자."

"그럽시다."

주소옥은 요리는커녕 여자들이 할 수 있는 일을 할 줄 아는 것이 하나도 없다.

그래서 요리부터 모든 것을 모두 쾌도비가 도맡아서 하고 있다.

그는 철이 들기 전부터 집안 살림을 혼자 꾸렸으며, 누나가 죽은 이후에도 대부분의 식사를 혼자 해결했으므로 웬만한 현모양처 빰칠 정도로 뭐든지 능숙하다.

한 시진 정도 있으면 해가 질 것이라서 쾌도비는 서둘러 배를 몰고 수로에서 벗어나 늪지대의 우거진 갈대숲 속으로 들어가 적당한 곳에 자리를 잡고 닻을 내렸다.

이어서 화덕에 불을 피우고 저녁밥을 짓는 한편 다른 화덕에도 불을 피우고 잉어찜을 할 준비를 했다.

주소옥은 한쪽에 편하게 앉아서 꼰 다리를 까딱거리면서 말끄러미 지켜보고 있다.

이른 저녁을 먹고 나니까 아직도 날이 어두워지지 않았다.

"이거 어때?"

찰랑찰랑…….

주소옥이 아까 낮에 쾌도비가 잡아두었던 물고기들을 근처의 어부에게 주고서 받은 술병을 흔들어 보였다.

두 사람은 배 앞쪽에 자리를 잡고 앉아서 저녁식사 때 먹다가 남은 잉어찜을 안주 삼아 주거니 받거니 한동안 이런저런 담소를 나누며 술을 마셨다.

“이거 이제 지우면 안 될까? 답답해.”

주소옥이 자신의 얼굴을 가리키면서 역용을 지우면 안 되냐고 물었다.

쾌도비가 술잔을 내려놓고 정성껏 역용을 지워주자 오래지 않아서 그녀의 아름다운 얼굴이 드러났다.

“아… 이제 살 것 같아.”

그녀가 화사한 표정을 짓는 것을 보며 쾌도비는 빙그레 미소를 지었다.

쾌도비는 책상다리로 앉아 있고 주소옥은 그의 무릎에 팔꿈치를 얹고는 매우 편한 자세로 술을 마셨다.

독한 데다 매우 쓴 화주지만 그녀는 얼굴도 찌푸리지 않고 맛있게 마셨다.

쾌도비하고 있는 동안 그녀는 먹는 것이나 자는 것 그리고 그 밖에 모든 것에 대해서 한 번도 투정을 부리거나 불평을 한 적이 없었다. 그래서 쾌도비는 그녀가 이런 생활에 적응한 것이라고 생각했다.

“지금 우리 마치 부부가 천하를 한가롭게 주유하고 있는 것 같지 않아?”

“그런 것 같소.”

주소옥은 낙조 때문에 붉게 물든 갈대숲의 서쪽을 바라보면서 혼곤한 표정을 지었다.

"너무 좋아. 이대로 너와 함께 정처 없이 죽을 때까지 떠돌아다니고 싶어."

쾌도비는 머리를 부드럽게 쓰다듬자 그녀는 약간 쭈뼛거리면서 말했다.

"나 예전부터 생각했던 것이 있는데……."

쾌도비는 온화한 눈빛으로 그게 무엇이냐고 물었다.

그녀는 상체를 곧추세우고 아름다운 눈을 깜빡거리며 그를 빤히 바라보았다.

"우린 부부잖아."

"그렇소."

"그러니까 서로에 대한 호칭이 있어야 해."

쾌도비는 그녀가 이렇게 말하는 것으로 봐서 이미 호칭을 정해놨을 것이라고 짐작했다.

"이제부터 나는 쾌도비를 여보라고 부를 거야."

천절문에 도착할 때까지만이라는 시한부적인 호칭이다.

"쾌도비는 나를 옥매라고 불러."

그녀는 각자의 잔에 술을 가득 따라서 하나는 쾌도비에게 주고 하나는 자신이 들었다.

쨍…….

“여보.”

그녀가 잔을 부딪쳤다.

“옥매.”

두 사람은 서로를 애정이 듬뿍 담긴 눈빛으로 바라보며 여보, 그리고 옥매라고 불렀다.

보름이 될는지, 아니면 한 달이 될지 모르는 짧은 기간이거늘 그녀가 자신의 순결을 바치는 것을 제외한 것이라면 무엇인들 하지 못하겠는가.

두 사람은 말없이 서로를 안고 깊고도 긴 포옹을 했다.

쾌도비는 선실 안에 등불을 켜고 이부자리를 폈다.

한쪽에는 주선란이 이불을 덮은 채 죽은 듯이 조용히 눕혀져 있다.

주소옥은 잠자리에 눕기 전에 등불을 들고 주선란에게 다가가서 이불을 걷어냈다.

그러자 아무것도 입지 않은 벌거벗겨진 주선란의 아랫도리가 드러났다.

쾌도비는 그녀에게 시선도 주지 않고 이불에 벌렁 누웠다.

“돌팔이 의원이었나 봐. 정작 제일 위중한 상처는 치료조차 하지 않았어.”

주소옥은 주선란의 다리를 벌리고 옥문 부위에 정성껏 약을 발랐다.

그것은 절곡에서 만든 여러 약 중에 하나이며 상처 치료에 놀라운 효능을 지니고 있다.

쾌도비의 발길질에 정확하게 걷어 채인 주선란의 옥문과 주위는 시커멓게 죽어 있었다.

"이 계집애는 아마 석녀(石女)가 될 것 같아."

쾌도비의 낮게 코고는 소리가 들렸으나 주소옥은 개의치 않고 계속 설명했다.

"내상도 심하지만 내가 고칠 수 있어. 그래야지만 인질로서 가치가 있지 않겠어?"

주소옥은 옥문에 금창약을 다 바르고 나서 바닥 한쪽에 늘어놓은 여러 개의 가죽 주머니 중 하나에서 환약을 꺼내 잘 으깬 다음 물에 타서 주선란의 입에 흘려 넣어주었다.

"음……."

다음날 아침에 쾌도비와 주소옥은 주선란이 흘리는 나직한 신음 소리에 잠에서 깨어났다.

선실의 작은 창틈과 문틈으로 아침햇살이 스며들어 실내는 어느 정도 밝아졌다.

쾌도비의 품에서 벗어난 주소옥은 엉금엉금 기어서 주선

란에게 다가갔다.

주선란은 힘겹게 눈을 뜨고 이리저리 눈동자를 굴리다가 주소옥을 발견했다.

"너는… 누구냐……."

주소옥은 머리맡에 앉아서 그녀를 굽어보았다.

"주소옥이다."

"주… 소옥……."

주선란은 힘겹게 눈을 깜빡거렸다.

"너의 아비가 죽이려고 하는 남령왕의 딸 말이다."

"아……."

주선란은 크게 놀라서 눈을 동그랗게 뜨고 주소옥을 똑바로 쳐다보았다.

그러다가 느닷없이 손을 휘둘러 주소옥의 뺨을 갈겼다.

"이년!"

짜악!

"앗!"

원래 나약한 주소옥은 뺨 한 대를 맞고 옆으로 픽 쓰러졌다.

그때 쾌도비가 벌떡 일어나 낮은 천장 때문에 허리를 굽힌 채 다가오더니 주선란의 머리카락을 와락 움켜잡고 개처럼 밖으로 끌고 나갔다.

"아악!"

주선란은 머리털이 모조리 뽑혀 나가는 듯한 극심한 아픔에 처절한 비명을 질렀으나 엄중한 내상을 입은 몸이라서 저항하지 못했다.

주소옥은 급히 밖으로 따라 나갔다. 그리고 그녀는 쾌도비가 주선란의 머리카락을 잡은 채 지푸라기처럼 가볍게 허공으로 집어던지는 것을 발견했다.

"아악!"

주선란은 삼 장이나 날아갔다가 물속에 거꾸로 처박혔다.

첨벙!

그녀는 잠시 허우적거리는 것 같더니 비명조차 지르지 못하고 곧 물속으로 가라앉았다.

주소옥은 동그랗게 놀란 눈으로 주선란이 가라앉은 곳을 바라보고 있는데, 쾌도비는 아무 일도 없었다는 듯 닻을 끌어올리는 등 출발 준비를 했다.

주소옥은 쾌도비가 어째서 주선란을 집어던졌는지 잘 안다.

그녀가 주소옥의 뺨을 때렸기 때문이다.

주소옥은 뜨거운 눈물이 솟구쳐 올라 금세 뺨을 타고 흘러내렸다.

“여보……”

쾌도비는 노를 잡으면서 쾌활하게 웃었다.

“옥매, 출발합시다.”

『무정도』 5권에 계속…

무림공적, 천살마군 염세악!
검신 한호에게 잡혀 화산에 갇힌 지 백 년.

와신상담… 절치부심… 복수무한…

세월은 이 모든 것을 잊게 하고
세상마저 그를 잊게 만들었다.
하지만.

"허면 어르신 함자가 어찌 되시는지……"

우연한 만남, 자신도 모르게 튀어나온 원수의 이름.

"그게… 한, 한호일세."

허무함의 끝에서 예기치 않게 꼬인 행로.
화산파 안[in]의 절세마인, 염세악의 선택!

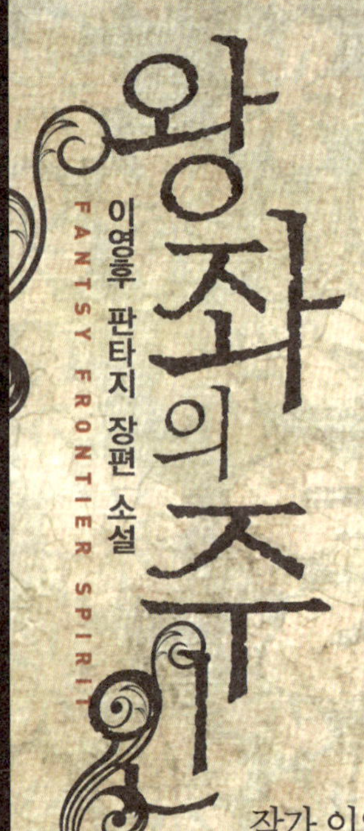

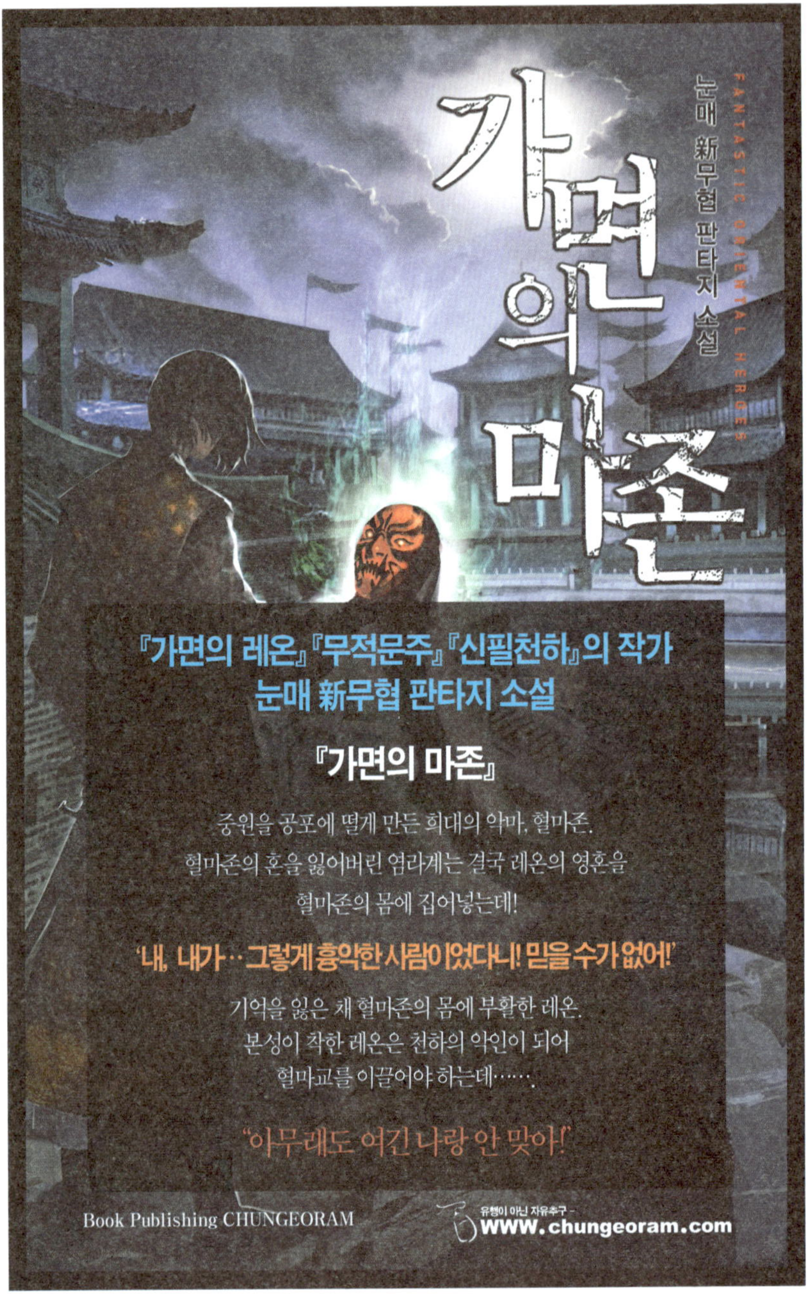
가면의 마존
눈매 新무협 판타지 소설
FANTASTIC ORIENTAL HEROES
『가면의 레온』『무적문주』『신필천하』의 작가
눈매 新무협 판타지 소설
『가면의 마존』
중원을 공포에 떨게 만든 희대의 악마, 혈마존.
혈마존의 혼을 잃어버린 염라계는 결국 레온의 영혼을
혈마존의 몸에 집어넣는데!
'내, 내가… 그렇게 흉악한 사람이었다니! 믿을 수가 없어!'
기억을 잃은 채 혈마존의 몸에 부활한 레온.
본성이 착한 레온은 천하의 악인이 되어
혈마교를 이끌어야 하는데…….
"아무래도 여긴 나랑 안 맞아!"
Book Publishing CHUNGEORAM
유행이 아닌 자유추구 -
WWW.chungeoram.com